神歌《カンヌアーグ》が聴こえる

伊良波盛男
Iraha Morio

コールサック社

神歌《カンヌアーグ》が聴こえる　目次

神歌《カンヌアーグ》が聴こえる

伊良波盛男

ニルヤカナヤ王国

一

歳月人を待たず、と中国の詩人陶淵明《とうえんめい》が囁く。まさしくおのずから歳月はとどまることなく流れめぐって大正八年となった。おだやかな若夏《わかなつ》の海風が始終吹き流れ、どこまでも無辺の青海原を一隻の貨客船が航行している。この海域は、手でも足でも突っ込めば藍色に染まってしまいそうなニルヤネシアの海だ。船はひたすら突き進んで南下し続けている。

長身の細面の青年がブリッジ脇の甲板の手摺りにかるく寄りかかって長髪をなびかせ、船の進行方向をながめやって微動だにしない。

ブリッジの扉が開いて中年の男が出てきた。見上げるばかりの長身でがっちりした体型の男である。一見西洋人を彷彿とさせる風貌だ。

青年がその中年の男に青白い顔を向けて言った。

「グッドモーニング（おはようございます）」

「グッドモーニング…。ああ、わしはねえ、英会話は不得意だよ。少しくらいはしゃべれないこともないが…。できれば、日本語で話してもらえないかねえ」

どこか人のよさそうな中年の男は、その青年を見据えながら笑顔で言った。

「それは失礼しました。てっきり外国の方かと思いまして…」

青年は、乱れがちな長髪をかき上げながら、頭を下げ、わが身よりはるかに長身の中年の男を見上げた。

「いや、いや、気にしないでいいよ。そんなことには慣れている。西洋人によく間違えられるさあ。わしは、このウルマ丸の一等航海士で塩屋長五郎という者だ」

中年の男は話し方からしても、大様な人柄に違いない。

「わたくしは吉川健一郎です。三重県伊勢の出身で、いまは東京に住んでいます。叔父を訪ねてニルヤカナヤ島《とう》へ行くところです」

青年は屈託のない明るい表情になっている。

「ああ、そうか。それは奇遇だねえ。わしは、このニルヤカナヤの者だ。いまは仕事の都合で琉球のウルマ島に住んでいる。それは本当によかったよ。現在、ニルヤカナヤには、ヤマトの国からやってきたカツオ節製造指導員や神社職人が何人か滞在しているようだから、その中に健一郎さんの叔父さんもいらっしゃるかもしれないねえ。最近あっちこっちの島で神社建造が行われているが、ニルヤカナヤでは賛否両論あって揉めに揉めた。結局造ることになったよ。鳥居建造は、第一の鳥居も内奥の第二の鳥居も昨年のうちに、ほぼ完成している。しかしねえ、反対派はいまでも騒いでいるさあ。あ、健一郎さん、かすかに見えてきたよ…。珊瑚礁に打ち上がる白波の向こうに見える島影がニルヤカナヤだ。ニルヤカナヤ王国ともいうよ。国王様の名前はティンタウガナス（天道加那志）、王妃様の名前はンマツツガナス（母月加那志）といいます」

長五郎は前方に見えてきたニルヤカナヤに向かって敬虔なる合掌をささげ、頭を垂れ、意味不明の呪文らしきものをブツブツ言った。

「はあ！　そうですか…」

健一郎もそそくさと手を合わせてニルヤカナヤを拝んだ。

ニルヤカナヤは、八島の島々からなるニルヤネシアの一島だ。他の七島は手を伸ばして寄り合うような指呼の距離に浮かんでいるが、このニルヤカナヤだけは陽の昇る遥かな東方海域にぽつんと一島だけ浮かんでいる。他島の人々によると、このニルヤカナヤは、ニルヤネシアで一番偉い神様のおわす神島として古来崇敬され、神高い島としてひろく知られている。

船は白波を撒き散らして青海原を突き進んでいる。

「それからねえ、健一郎さん、ニルヤカナヤは、不老不死の島だよ。人が死んでも死んだとはいわない。神様になった、というさあ。永遠の命を得て、神様になる、と考えられているわけねえ。原始古代の昔むかしからそんな風に伝承されているから、島の人々はみんなそのように信じている。島の歴史や民俗文化を研究している仲泊徳成翁に逢ってみたらいいよ。この徳成翁は、学問好きで、気心のいい人物だからいろんなことを教えてくれるはず…。大丈夫だよ」

長五郎は健一郎の蒼白い横顔を一度盗み見て言った。

「ありがとうございます。仲泊徳成さんですね」

健一郎は上着のポケットから手帳と万年筆を取り出して書き留めた。

「船はセメントや建築資材をニルヤカナヤに降ろし、更に南下して、台湾まで行って戻ってくるけど、わしは用事があって休暇を取っているからしばらくニルヤカナヤの実家にいるよ。よかったら遊びにきなさい。隣家にはサンシン弾きの名手もいる。与那覇高弘といって、朝から晩まで一日中、サンシンを弾き、歌を唄う変人だからすぐわかるさあ」

長五郎はにこにこしながら健一郎のかたわらに立っている。

「ありがとうございます。与那覇高弘さんですね」

健一郎はまた万年筆で手帳に走り書きした。

「健一郎さんは学生ですか」

長五郎は語調を強めて健一郎の横顔に言った。

「はい、学生です」

率直な声の健一郎であった。

健一郎は東京の大和大学大学院の医学生である。医学の勉強をしながら好きな歌を詠んでいるが、健一郎は、民俗学にも関心が強い。専攻を医学にしようか、民俗学にしようか、と随分迷ったあげくに医学を選んだわけだが、民俗学には未練がある。というのは、じつは健一郎は、できれば歌を詠みながら民俗学者になれたら一番いいと内心思っているところがある。しかし父親は、伊勢に戻って、先祖代々営む吉川内科小児科医院の後継者になってくれることを熱望している。

健一郎の脳裡に、人が死んでも死んだとはいわないで、神様になる、永遠の命を得て神様になった、という神概念が渦巻いている。健一郎は、ニルヤカナヤの世界にのめり込んでしまいそうな予感をおぼえた。

「健一郎さん、よかったら食堂へ行かないか。一緒に朝ご飯を食べよう。わしのウォッチは終わったから、ゆっくりできるよ」

「ありがとうございます。お世話になります」

船はニルヤネシアの青海原を二等分してひた走りに走っている。

白っぽい渡り鳥の小群が陽春の上空を飛んで行った。


健一郎と長五郎は朝食後も甲板へ出た。

白波の湧き立つ珊瑚礁群が近づいている。

「塩屋さん、あの船は？…」

健一郎はすっかり打ちとけた口調になっている。船員食堂でも他の船員とざっくばらんに談笑していた。

小型漁船が一隻、珊瑚礁の沖合に錨を降ろし、水中メガネをかけた男が二人潜っては頭を出し、また潜っては頭を出している。

「ああ、あれねえ…。あれは沈没船の遺物を探しているところだよ」

長五郎は白波の湧き立つ珊瑚礁の沖合あたりを指差して話を続けた。

「昔からこの珊瑚礁海域では外国船が何隻か座礁して沈没した。荒い海域だ。海中には暗礁も無数にあって危険海域だよ。そこには、一七九七（寛政九）年頃、英国探検船のプロヴィデンス号が沈没したようだ」

「はあ、英国の探検船が沈没したのですか」

健一郎は身を乗り出すようにその方角に視線を止めた。

「この沈没船に関しても徳成翁が一番詳しいから、興味があったら聞いてみたらいいじゃないかねえ」

長五郎は海原を見まわしながら言った。

ニルヤカナヤは、モヤの中から抜け出て、その輪郭をくっきりとあらわした。

「あの高台の建造物は城ですか」

健一郎が新発見でもしたかのように感激の声を発した。

「その通りです。ニルヤカナヤ城だよ。城は石垣で包囲され、内側にはアダンやガジマルやフクギの樹木が鬱蒼と繁茂して手付かずのジャングルだ。その内奥に宮殿があります。ニルヤカナヤは、島の中央部が深い入江になっているが、その入江の南西部にニルヤ村とカナヤ村があり、入江の北東部全域の高台一帯に広大な国立公園とニルヤカナヤ城が建っている。城の表玄関にニルヤカナヤ御嶽《うたき》があって、十人のツカサ（司）がティンタウガナス王とンマッツガナス妃に仕え、すべての神事と維持管理の仕事をしている。ニルヤカナヤ御嶽には通常何人も入れない。部落長さえもツカサと一緒なら入れるが、一人勝手に出入りはできない。ツカサのフンマ（大母／humma）が島の最高権力者でニルヤカナヤの安泰と繁栄を司《つかさど》っている。国王様と王妃様は国の象徴だからニルヤカナヤの祭政に直接携わらない」

長五郎は若い船員の一人に何かしゃべっていたが話を続けた。

「ところでねえ、ニルヤカナヤには忘れてはならない実力者がいます。陰の権力者というか、裏の実力者というか。それはムヌスー（物知り／ユタ）というシャーマンですよ。このムヌスーは、最高権力者のフンマと同格か、場合によっては、この最高神職者のフンマを土下座させかねない実力者だ」

長五郎は一息ついて話を続けた。

「ムヌスーの中に、通称ニルヤ様と呼ばれて名高い大御所がいる。本名は高嶺女雅《たかみねめが》。いつだれがニルヤ様といったかは知らないが、島外者にもニルヤ様と呼ばれて親しまれている。通常は明朗闊達なおもしろいオバさんだが、それが不思議なことに圧倒的なカリスマ性がある。このニルヤ様といわれるムヌスーは、驚異の呪術者、霊能者、預言者だよ。なにしろ、このニルヤ様の予知・予言はすべて的中する。だからねえ、最高権力者であるフンマの仲間金女雅《なかまかにめが》といえども、このニルヤ様には震え上がるわけですよ。当然のことながら、最高権力者の実権を握るフンマとしてはおもしろくない。ニルヤ様に対して土下座することもあるわけだから…」

長五郎はふたたび別の船員に何かしゃべっていたが話を続けた。

「フンマは裕福な家に生まれ、ニルヤ様は貧乏な家に生まれた。フンマは優位に立ちながらもニルヤ様に対して土下座しなければならない場合もあるということになれば、妬み感情が沸き立ち、復讐心も刃を磨き、遺恨が火を噴くだろう。しかも二人は同年齢だ。いつでも、どこでも、陰の実力者のニルヤ様は、堂々として、きさくで人間味溢れ、おもしろい人柄だ。ところが、フンマはつんとしてすましている。最近ニルヤ様の予知・予言をめぐって島中が騒々しくなっているよ…。健一郎さん」

人のいい長五郎は話し好きだった。

「ムヌスー？　ムヌスーとは、呪術者、霊能者、予言者のことですか。それから、御嶽というのはヤマトでいえば、神社とか神宮のような聖域のことですか」

健一郎は興味津々だ。眼の色も変わった。

「その通りです。さすが健一郎さんは頭がいいねえ。確かに御嶽は、神社、神宮のような聖域です。それでねえ、ニルヤカナヤ御嶽の出入口あたりに鳥居を建ててニルヤカナヤ神社の名称にする動きが昨年あって揉めたわけだが、鳥居はほぼ完成したよ。徳成翁の研究によると、御嶽も神社も、そのルーツは同一らしい。中国や朝鮮の聖域に、神社、神宮、御嶽のルーツをもとめることもできるといっているが、詳しいことは調査研究中らしいよ」

長五郎は一息ついて話を続けた。

「ああ、健一郎さんはムヌスーにも関心があるようだから、もう少し話そうか。ニルヤ様は、先祖崇拝も含めて宇宙の根源と深くかかわることを明示する呪術者、霊能者、予言者だ。ニルヤ様は、ムヌスーはムヌスーでも従来の先祖崇拝だけにかかわるムヌスーとは違う。ニルヤ様は、じつに革命的、創造的なムヌスーだよ。フンマが中心のツカサは、さっきも話したように、ニルヤカナヤ全体の安泰と五穀豊穣を祈願するわけだが、ニルヤ様は、個人的な占いや苦悩の癒しや人間の生死の明示を行い、共同体社会の明暗から宇宙規模の予言までひろく明らかにするムヌスーだ」

長五郎はまた一息ついて話を続けた。

「ニルヤ様は、フンマと同年齢だから五十六歳か。弟子もたくさんいるさあ。その中には、まだ十八歳の若さで師匠のニルヤ様に勝るとも劣らぬ実力の持ち主もいる。実際はまだ修行中の身ではあるが……。そのムヌスーの名は山城カナス。大変に霊験あらたからしい。そういう人をサーダカンマリ（精高生まれ）といって、生まれながらにして霊能力を持ち、ムヌスーになるべくして生まれた宿縁の人だというわけだ。健一郎さん、それがねえ、二人といない絶世の美女だよ。だからねえ、島の男達は、路上でカナスとすれ違えば必ず一度は振り返るわけ…」

話し好きな長五郎は、口元に泡をふつふつと浮かべて饒舌であった。

「はあ！　ニルヤ様と山城カナス。ところで塩屋さん、ニルヤ様が何を予言したから島中が騒々しくなっている？…」

健一郎は、さっきから手帳を何枚もめくって走り書きしながら、この塩屋長五郎という人物は、ただの航海士ではない、何かの修行を積んだ実践者に違いない、と直感していた。

「ああ、なんでも今年の秋頃に、ニルヤネシア全域にコレラが大流行して大変な数の犠牲者が出るという予言だ。それから、冬から翌年にかけては、このニルヤカナヤにハシカが蔓延して大勢の子供が神様になるという予言だ。このニルヤ様の予言は百発百中だから最高神職者のフンマも震え上がるというわけだ」

長五郎は口元の泡を手の甲で拭き取った。

「伝染病の予言は凄いな。そういうことがはっきりといえることも凄い。ニルヤ様ご本人は怖くないでしょうか。こういう凄い予言者は迫害を受けることもあるわけです。この予言が的中するなら、ニルヤ様は、大変に革命的で創造的な偉大なる予言者ということになりますが、しかし、わたくし自身は、伝染病の予言は的中しないことを祈りたいと思います」

健一郎は驚きの表情を見せた。

ウルマ丸はニルヤカナヤに近づいている。

「わしもそれを願うよ。だからねえ、ニルヤカナヤは大変な騒ぎさあ」

長五郎は船の左右を見まわしながら語調を強めた。

ウルマ丸が島に接近するにつれて長五郎の目つきはどこかせわしげだ。一等航海士としての職務上の緊張感や注意が周辺にそそがれているのだ。しかし長五郎は、健一郎のかたわらに立ったままである。

ウルマ丸は、速力を落として走行し、ニルヤカナヤ南岸の沖合に投錨した。そうすると一人の青年の艪をせっせと漕いだボートがやってきた。そのうしろから二人乗りのサバニも岸を離れて近づいてきた。

健一郎と長五郎がボートに乗り移って海岸に向かっていると、眼もくらむくらいまぶしい砂浜に寄り集まった観衆の中から黒装束姿の女が渚に二人あらわれて踊りはじめた。

ひとりは丸顔の小太りの女である。

ひとりは背がすんなりとのびた若い女である。

「健一郎さん、凄まじい手振り身振りのエネルギッシュな人がニルヤ様こと高嶺女雅《たかみねめが》ですよ。風の羽根のようにしなやかな舞いの人が山城カナスだ」

長五郎がそっと耳打ちした。

「はあ！…」

健一郎は抜けたような声を発した。

ボートが砂浜にのし上がると二人のムヌスーは踊りをやめて歩み寄ってきた。

「遠路はるばるヤマトの国からおいでのお客様、ようこそニルヤカナヤに…。心よりお待ち申し上げておりました。貴男こそはまことに、稀に見る来訪神でございます。貴男の喜ばしい来島は、以前からわかっておりました。夏から秋にかけて貴男の博愛と智恵がこのニルヤカナヤの人々を救い、また来年も、献身的に大活躍されて国王様と王妃様に感謝されます。もちろん、人々からも喜ばれ、その功労は末永く子々孫々に語り継がれることになります。貴男こそまさしく海の彼方からはるばるやってきた来訪神でございます」

ボートに駆け寄ってきたニルヤ様が健一郎の両手を取って言った。落ち着いた低い声である。始終にこにこして烈しい踊りの女と同一人物には思えない。

健一郎はあっけにとられて相手のなすがままになっている。

「いらっしゃいませ。何もかも、ニルヤカナヤの根源神で生命神である宇宙神のお引き合わせによるものでございます。この世上の宿縁による絆といってもいいと思います。貴男には将来を約束された才媛がいらっしゃいますが、大病院の院長先生のお嬢様が許嫁となっておりますが、貴男は、正式にこのわたしの夫になるお方です。そして、わたしの深い愛情にささえられてニルヤカナヤを学問的に研究され、解明が困難とされるムヌスーの世界を実証的に探究され、将来は、偉大なる民俗学者になります。またすぐれた歌人としても、一世を風靡することになります。心優しいご長男の立場で気にかけている家業は、次男の吉川健次郎さんが医者になって引き継ぎますからご安心ください」

カナスはどこか涙声になっている。一息ついて続けた。

「貴男の研究室兼住居として、山城家の屋敷内に一軒家を新築してあります。どうぞ気兼ねなくお使いくださると嬉しく思います。近くに黒豚の豚舎がありますが、邪魔にはなりません。庭園には色々な野菜を作っています。生垣の真紅のブッソウゲの花と黄色いユウナの花は貴男の感性を潤してくれることでしょう。家の門口を入ると、正面に石造りのツンプン（屏風）があり、男性と客人は、その右側を、家人の女性と子供は、その左側を通行することになっています」

カナスはまた一息ついて話を続けた。

「貴男は、さっそくこのニルヤカナヤの民俗調査に取りかかり、歌も詠み、人助けのために東西奔走されて多忙な日々をおくることになっても、風邪一つ引かず、健康そのものですから、思い切ってご精進ください。食べ物のこと、衣類の洗濯のこと、家の清掃や片付けのこと、何もかもこのわたしが致します。突然ご無礼なことばかり申し上げて失礼しました、とは、わたしは申し上げません。狂気の沙汰とは決して思わないでください。なぜならば、わたしがただ今申し上げましたすべてのことは、何もかも真実です。では、のちほど…」

カナスが黒装束の裾を白波に浸したまま、ボートの中に棒立ちの健一郎をまっすぐ見上げて言った。おだやかなアヤグイ（綾声／ハスキーボイス）である。

この声色と波長には癒し効果があるかもしれない、と健一郎は直感した。カナスの長い黒髪が潮風になびいている。

健一郎は、呆気に取られ、色白でエスニックな顔立ちのカナスの美貌に見惚れて放心状態だった。

二人のムヌスーはまもなく引き上げた。

「健一郎さん、大変な予言に遭遇しましたねえ」

長五郎が眼をまるくした。

「塩屋さん、わたくしには何が何だかわかりません。夢を見ているような、何か未知の力に洗脳されているような、かつて経験したことのない不思議な気分です。ほんとに何が起こっているのですか、塩屋さん」

健一郎の顔色が蒼白く見える。

「わたしにもわからん。どういうことか…」

長五郎も戸惑っている様子だ。

海岸に集まった人々は男女ともに異人を思わせて大柄である。

着物姿の大人にまじって洋服姿の学校生徒も見える。

「美男美女が多いですね。島の言葉はさっぱりわかりません」

健一郎が落ち着きを取り戻して言った。

「このわしも、難解な言葉にいくらでも出くわすことがあるよ。年寄りがニルヤカナヤの古い言葉を話すと皆目わからない。ああ、じつは、島民はねえ、ニルヤカナヤは美男美女の産地としての誇りを持っているよ。このわしは、船乗りをして方々の島々をまわっているわけだが、確かに、ニルヤカナヤには大柄な美男美女が多いように思えるねえ、自画自讃ではないが…。他島の人々はニルヤカナヤの人間は異人だといっているよ。それから、誇り高きニルヤカナヤ人、ともいっている」

長五郎は笑いながら自慢げに言った。

「おお、健一郎、きたか」

人垣をかき分けて砂浜に降りてきた男が言った。

五十歳位の長身の男だ。

「叔父さん、お元気そうですね」

健一郎が嬉しそうに言った。

「うん、元気いっぱいだ。毎日酒も飲んでいる。いや、飲まされている、といえばいいのかな。風邪も引かない。きょうは健一郎の歓迎会を大嶺部落長宅でやるから覚悟しろよ。度数の強い泡盛が待っているからな。カナスさんも参加するだろう。今夜は部落長宅に泊まってもらうとして、明日からは山城家の離れに一人住むことになる。まあ、気軽にやってくれ、健一郎」

健一郎の叔父は早口で歯切れがいい。

「わしは、ウルマ丸の一等航海士をしている塩屋長五郎という者です。船で吉川健一郎さんと友達になりました。わしはいったん船へ引き返しますが、今後ともよろしく」

笑顔になっている長五郎が言った。

「挨拶が遅れて失礼致しました。私は、健一郎の叔父で吉川三雄です。これからも健一郎をよろしくお願いします。私は神社建造の仕事でニルヤネシアの島々をまわっております。ここしばらくニルヤカナヤにおります」

健一郎の叔父は流暢な口調で物腰もやわらかい人柄である。

どこからか風の囁きと潮騒が聞こえる。

伊勢の浜里で生まれ育った健一郎にとっては幼少年期を回想させる風と海の調べがじつになつかしい。いつまでもこうしてじっと聞き入っていたい心境だ。何もかも忘れてただひたすら自然と融和していたいと思う。

それにしてもひどい頭痛だ、泡盛を飲み過ぎた、長旅の疲れもあったかな、と健一郎は想いをめぐらした。まるで夢のような酒盛りの一夜だった、と健一郎は思った。アイゴ、ウニ、シャコガイの塩煮やサシミは美味かった、と回想していた。

　健一郎は眼を開けて驚いた。天井から吊り下げられて寝床をおおった蚊屋の中に寝ていたのである。なるほど、と思った。ニルヤカナヤでは蚊の繁殖が見られるのだ。日中でも食台の下から蚊があらわれることがある。

　健一郎は、知らない間にはじめて蚊屋の中の就寝を経験した。蚊屋のかかった天上をにらんでいると、風が戸をゆらすようなノック音と共に引き戸が開いて女の顔があらわれた。健一郎は蚊屋の裾を捲くり上げて蚊屋の外へ出た。

「お目覚めですか」

　昨日浜で聞いた魅惑的なアヤグイのカナスだった。カナスは確かに美人だ、と健一郎は再確認した。

「あっ！　カナスさん、ここは？」

　健一郎はあぐらをかきながら言った。

「ええ。ここは健一郎さんの家ですよ。昨日浜で申し上げた山城家の離れです。健一郎さんは覚えていないのですか。大嶺部落長宅で、酔っぱらって、家に帰る、家に帰る、と強情に叫んで人がなんといっても聞く耳を持たないから、三雄叔父さんとわたしの二人で連れて帰ったのですよ。自分の家に帰ってよかったねえ」

　カナスが入口に横向きに座って言った。おだやかなうねりのような波が寄せては返してこちらの感情をなだめている。この声色と波長には間違いなく癒し効果がある、と健一郎は確信を得た。

香ばしい匂いが鼻をくすぐっている。カナスの身体から発散されている香りだ。石鹼の匂いなのか、化粧水の香りなのか、それともカナス自身の特有の体臭なのか。

「カナスさん、ご迷惑をかけて申し訳ありません」

健一郎は座りなおして正座すると頭を下げた。

「何も仰々しく他人行儀しなくていいですよ。これからは、カナス、といってください。朝食が用意できましたから母屋にいらっしゃいね」

カナスはにこにこして言った。

健一郎が、離れを出て、明るい陽射しが降りそそぐ庭先からニルヤネシアの海をながめやっていると、カナスがためらいもなくつかつかと歩み寄ってきて並んで立った。

ここちよい潮風が吹き流れている。

手前に真紅のブッソウゲの花がゆれている。

「夢を見ているような不思議な気持ちです」

健一郎は唐突だった。

「そうですか。ニルヤカナヤは、夢の国かもしれませんよ。きょうわたしは一日中家におりますから、色々お話ししたいと思います。朝ご飯にしましょうか」

カナスはおだやかな話しぶりである。

健一郎は、昨日浜で逢った山城カナスとは明らかにどこか違うと思った。これがムヌスーの日常の姿だろうか、と思った。

「はい、いただきます」

健一郎は、カナスのあとから母屋へ入り、一番ひろい一番座に通された。

明るい部屋に陽春の潮風が吹き流れている。

「さあ、どうぞ。たくさん召し上がってくださいね。家には誰もおりません。父は朝早くカツオ工場へ出かけましたよ。カツオ節製造職人で、このところ毎日忙しくしてほとんど家におりません。工場でご飯を食べ、寝泊りすることもありますよ。カツオが毎日大漁で寝るひまもないとこぼすことがあります。母も朝早く出かけました。農作業があります。母は一人でサツマイモやアワを作っています。ニルヤカナヤでは男の人は農作業をしません。わたしは、通常朝から昼頃まで、ニルヤ様の巫家でお手伝いをしております。多忙な日は一日中働くこともあります」

カナスはゆったりとして温和な表情をしている。しっかり者の心優しい女だと健一郎は思った。伊勢の母親の面影がふっと浮かんだ。どこか母親に似ているのだ。

「この味噌汁は美味しいね。このノリのような青いものは？」

健一郎は差し出された味噌汁をただちに音を立てて吸い込んだ。

「これはねえ、冬場の波打際に生える海藻で、アーサといいます。気に入ってもらってよかった…」

カナスは、自分もかろやかな音を立てて味噌汁をすすった。

「この野菜炒めのようなものは？」

健一郎は食べ物にも関心があった。

「あっ、豆腐、黒豚の肉、それにニガウリです。島の言葉ではガウラといいます。ガウラの苦味が身体にとてもいいそうですね。昨夜は、泡盛を、美味い、美味い、といってたくさん飲んでいましたねえ。このガウラは、二日酔いにも効くそうです。たくさん召し上がってください。あとで海へ行きましょうか。これから下げ潮になりますから、アワビ、ウニ、エビ、サザエ、シャコガイ、タカセガイ、タコ、ホラガイが捕れます。ニルヤネシアの海は、海の幸の宝庫です」

カナスは晴ればれとしている。

健一郎は、ちょっと、と一言断って足早に離れへ行き、小包を持ってすぐに戻ってくるとカナスに手渡した。

「わあ！　嬉しい。ありがとうございます」

カナスは、両手の手のひらを重ねてその上で受け取ると、その小包をほどいて長方形の小箱の中から真珠の首飾りを取り出した。

健一郎はカナスの挙動に新鮮な驚きと感動を覚えて眼の醒める思いになった。

「あ、ほんとに、嬉しい！　ありがとう、健一郎さん。わたし、真珠の首飾りがほしかった。ほんとに、ありがとう」

カナスは、満面に笑みをたたえ、早速首にかけた。

「喜んでいただいて、こちらこそありがとうございます。じつはね、カナス、伊勢特産のこの真珠の首飾りは、母が持たせてくれたものですよ。わたくしは、東京から伊勢の実家へ寄り、それからニルヤカナヤへ向かったわけですが、母がこの真珠の首飾りを手渡しながら、こういったのです。健一郎、自分の人生は自分の思う通りに決めていいよ。親同士で決めた許婚は断ってもいいよ。南の島へ行って、女の人を本心から好きになったら、幸運を呼ぶ、この真珠の首飾りを差し上げなさい、って」

健一郎は涙声になってカナスを見つめた。

ニルヤネシアの海から、さざめくようなやわらかい海鳴りが聴こえる。

健一郎がニルヤカナヤに到着して一週間後の宵に叔父の三雄が泡盛を持ってやってきた。時蔵もメガサラもカナスも寝てしまったので、三雄を離れに入れた。

三雄は神社建造の仕事でニルヤネシアの島々を精力的に渡り歩いている。ニルヤカナヤ城の御嶽にも昨年のうちにコンクリート造りの拝殿が設置され、参道にもコンクリートが敷き詰められた。御嶽の石垣の門口も取り壊されてコンクリート製の鳥居が建造されたが、いまだに反対派が騒いでいる。反対理由は、日本神道を象徴する鳥居文化がニルヤカナヤ固有の石の文化をこわす、というものだ。

「叔父さん、セメントというものは凄いねえ」

健一郎はおりを見てセメントのことを話題にしてみようと思っていた。

「確かに、セメント開発は凄いよ。数年前、日本初のセメント製造会社の操業が山口県の小野田で始まった。大変な社会改革だと思う。それで神社・鳥居のコンクリート造りも始まり、その第一号が島根県の出雲大社の大鳥居というわけだ。健一郎もわかるようにわが伊勢神宮の鳥居もコンクリート造りとなったが、出雲大社とほぼ同時期の竣工だよ。こうして日本全土にコンクリート造りの神社・鳥居建造がひろがっているさあ」

ニルヤカナヤの言葉の訛りも出して三雄が言った。

「セメント会社の操業は画期的で産業革命ですねえ」

健一郎は納得したように言った。

「確かに、セメント開発は産業革命だ。そういえば、この間にぎわったヒャーリクズ（舟漕ぎ競争／ハーリー）で使われたサバニや漁に使われる水中メガネの開発などは漁業革命といえるだろうねえ」

三雄は情熱的にしゃべった。

「なるほどねえ。これらのサバニや水中メガネはどこで考案されたものですか」

健一郎が興味津々言った。

「はい…。えー、そうだねえ。いまから三十数年前かなあ。琉球のウルマ島の糸満という漁村でサバニが開発され、その数年後に同じく糸満の玉城保太郎というオジイさんが水中メガネを考案した。まさしく漁業革命だよ。ヒャーリクズにしても、これも糸満伝来の海神祭だ」

三雄は記憶を呼び寄せるような表情で言った。

「叔父さんは物知りだなあ。まったく知らなかったが、確かに、水中メガネの考案こそは、画期的で革命的だなあ。海の中がどこまでも地上の風景のように果てしなく見えるわけだから…。最初使った人の感激と感動が手に取るようによくわかります」

健一郎はメモを取りながら快活にしゃべった。

健一郎と三雄は、時を忘れて飲み、静かに語り合った。

二

素肌を焼き焦がすような暑さが続いている。

昔むかしから語り継がれる六月の猛暑だ。

健一郎は叔父の三雄から送られてきた一通の手紙にさそわれてニルヤカナヤにやってきた。三雄のその手紙は、健一郎を呼び寄せるための美辞麗句が綿々と飾り立てられた内容のものではなく、特異な民俗学の世界がまのあたりに現前している、というだけの簡潔なものだった。

この特異な民俗学というイメージに健一郎は魂をゆさぶられ、長期滞在を決意したのである。

健一郎は、麦藁帽子をかぶり、長袖シャツを着て、汗をかきながら島中を歩きまわっている。長五郎にすすめられた徳成翁には飽きられるほど逢ってニルヤカナヤの神話や歴史や民話や民俗文化に関する話を聞き、サンシン弾きの名手与那覇高弘にも何度も逢って人情味あふれる民謡を聞いた。

健一郎のニルヤカナヤ探究はとどまるところを知らない。

四方八方の断崖や岬角に立ち、ニルヤ浜、カナヤ浜、イー浜の渚を精力的に歩きまわっている。ボートを借りて、ニルヤ浜沖のニルヤリーフ、入江沖のマハエリーフ、カナヤ浜沖のカナヤリーフ、イー浜沖のイーリーフまでボートを漕ぎ、水中メガネをかけて内海を泳ぎまわっている。内海は満潮時でも水深二メートル程度の浅海だ。

三重県伊勢の浜里に生まれ育った健一郎は、水泳も素潜りも魚突きも魚釣りも得意である。伊勢湾沖合の湾口と遠州灘の渦巻く海流や黒潮の流れに好奇心は高ぶるが、初見のニルヤネシアの海の七色に輝く内海とリーフ沖のどす黒い外洋とのコントラストの魅力は、じつに名状しがたい美しさにいろどられている、と健一郎は思う。

島を取り囲んで自然要塞としての役目も果たすリーフの内側の遠浅の内海は、魚介類や海草（海藻）の宝庫だ。色とりどりの熱帯魚が泳ぎ、シャコガイ、タカセガイ、ホラガイがいくらでも採れる。砂場の岩陰や珊瑚石の下には婦女子の首飾りに用いられるタカラガイが棲息し、海藻のアマモを食むジュゴンの親子がたまに観察されることもあるらしい。

健一郎は断崖絶壁の急勾配の坂道を用心深く降りてニルヤ浜の渚に立っていた。足をくるぶしまで白渚に埋めて立ちつくしていた。いつまでも立っていて飽きない。我を忘れてそのまま立ちん坊の石柱になってしまいたい衝動さえおぼえるのだ。

寄せる波は、真っ白い砂浜を駆け足で這いのぼり、汀線をあらたにつくってはまた力つきてニルヤネシアの海へ還ることをくりかえしている。その自然の営為によって、砂浜上部まで幾重にも描かれた汀線には海からの贈り物がいかにも供物のように置かれているのだ。それらの漂着物は、容器類、流木、板切れ、棒切れ、下駄や草履、ガラス球、椰子の実、貝殻、珊瑚礁、外国製品などが見える。そのほかに、魚やウミガメや動物の死骸もあれば、聞き取り調査によると、人間の屍体が打ち上げられたこともあったというのである。

渚をどこまでも歩きまわっていると、実生活に結びつく寄り物を拾うこともあれば、奇遇にも産卵のためのウミガメに出逢って驚き、色鮮やかな貝殻を発見して慰められることもある。

健一郎は、黄色っぽい貝殻と黒っぽい貝殻を拾い、カナスのことを思った。そして渚に立って大海原と水平線をながめやっていた。

潮風が吹き流れ、白い小波が光っている。

かすかな人の声を聞いて我にかえるとカナスが浜の向こうから歩いてきた。

長い黒髪が潮風になびき、ニルヤカナヤ上布の着物の裾がひらひら踊っている。

「カナス！」

健一郎はほとんど無意識のうちにカナスの名を呼んだ。

健一郎は潮風に吹かれて近づいてくるカナスを見ていた。

風の妖精のようなカナスだ、と健一郎は、烈しいときめきをおぼえた。

「健一郎さん！」

カナスは息をはずませて健一郎を見上げた。

潮風にあおられる着物の襟元から、真珠の首飾り、豊満な白い乳房がのぞいている。

「どうして、ここがわかった？」

「どうしてもわかりますよ、健一郎さん」

「はい、貝殻。カナスにプレゼントしようと思って拾いました」

「ありがとう。貝殻を手に取ると、なぜか熱いものが込み上げます。この小さな黄色っぽいタカラガイは、遠い昔、インドや中国やアフリカで通貨としてひろく使われていたようですね。とても可憐で美しいでしょう。この黒っぽい大き目のタカラガイは、コヤスガイともいって、健一郎さん、女の人が出産のときに強く握りしめたそうですよ。母がわたしを産んだときもこのコヤスガイを握ったそうです。コヤスガイは安産の神様ですね。ああ、よかった。わたしもこのコヤスガイを握ることに決めましたよ、健一郎さん！」

カナスは笑顔になって健一郎を見上げた。

健一郎も笑顔だ。二人はどこまでも果てしない海をながめやった。

三

真夏の潮風がカナスの長い黒髪とたわむれている。

健一郎とカナスは、カナヤ村広場のオオガジマル下の掲示板前に立っていた。

ニルヤカナヤ王国憲章

ティンタウガナス王・ンマツツガナス妃認証

一、ティンタウガナス（天道加那志）王とンマツツガナス（母月加那志）妃を崇敬する。
二、「誇り高きニルヤカナヤ人」の魂・精神・心を受け継ぐ。
三、漁業・農業・養殖業の生産事業を推奨・推進する。
四、海・地・空の自然環境を破壊・汚染しない。
五、樹木を一本伐採したら一本以上植樹して緑豊かな王国を形成する。
六、神事・伝統祭祀・年中行事・文化活動を奨励・保護する。
七、国有地・私有地・建造物（公私共）を島外者に売却・賃貸しない。
（特別条例による認可制度あり）
八、国際交流を推進し外来者に対しては「もてなしの心」を忘れない。
九、戦争を放棄し恒久平和な王国の維持と発展を遂行する。
十、国内の治安・秩序・風紀を著しく乱した者は裁判にかける。

※この「ニルヤカナヤ王国憲章」は城正門前・城裏門前・国立公園中央広場・ニルヤ村広場・カナヤ村広場・四箇所の泊の定位置に常時掲示される。

ニルヤカナヤ建国八月四日制定
ニルヤカナヤ王国憲章制定委員会
ニルヤカナヤ王国部落会

朝の木漏れ日が生き物のように二人の頭上にきらきら踊っている。

健一郎が「ニルヤカナヤ王国憲章」を低い声で朗誦した。

「この十番。この部分を前々から考えているけど、過去に誰か裁判にかけられた人物がいるかね」

健一郎が王国憲章の十番に細長い人差し指を突いて言った。

「ニルヤカナヤは事件も事故もなく平和です。これまでに裁判にかけられた人物の事例は記憶にありません。過去に何人かの人物が噂にのぼったことはあったようですが、そのうちにそのような噂は消えてしまった、と伝承されていますよ」

カナスはどこかおっとりとした口調で健一郎を見上げた。

カナスの細身の身体をつつんだ藍染めの着物の裾が風にゆれている。

「そう、わかった。今後も裁判のないことを願いたいものですね。そういえば、ニルヤ村の大嶺部落長宅の酒盛りの座で、ツカサのフンマの親戚にあたるという人、池間巌さんといったっけ。この方が、ニルヤ様の予言はニルヤカナヤの人々を不安と恐怖のどん底におとしいれて秩序を乱しているから、ニルヤカナヤ王国憲章に基づいて即裁判にかけるべきだ、とわめいていた。カナスはどう思う?」

健一郎とカナスはサンゴ石のベンチに腰を下ろした。

カナスは両膝をきちんとそろえて座り、健一郎は長い足を組んでいる。

「健一郎さん、ニルヤ様の、その予言のことだけどね。じつは、ニルヤ様の予言というのは、はずれたことがありません。わたしだって、その予言が的中しないことを願っていますよ」

カナスはどこかおっとりとしながらも、その声には張りがあった。

二人が何気なく広場の向こうの通りを見やっていると、石垣の前を白装束姿のツカサが一列になって通って行った。ツカサ一行はニルヤカナヤ城に仕えるツカサのみなさんだ。先頭のツカサが最高権力者のフンマの仲間金女雅《なかまかにめが》である。ツカサは全員で十人。ニルヤ村から五人、カナヤ村から五人選ばれた。ツカサはンマユイ（母揺い／御嶽内におけるツカサ選出儀式）によって選出される。

ツカサのみなさんは、カナヤ村のフンマ宅に集まって茶を飲みながら談笑し、しばらく打ち合わせをしてから、どこへ出かけるにも一列になってハダシで歩く。本日これから、ニルヤカナヤ城にて神事が執り行われるのだ。重大吟味事案としてニルヤ様の予言に関する吟味が行われる。ここで、ティンタウガナス王より神の真言をうけたまわることになるのだ。そして一週間後に開催される臨時部落総会で神の真言が報告されることになっている。ニルヤ様の予言がニルヤカナヤを挙げて真剣に受け止められているのだ。

カナスが風に乱れがちな長い黒髪に手をやり、着物の裾も直している。

それから二人は、ニルヤ村を通ってニルヤカナヤ城へ向かった。

生暖かい潮風が入江に流れている。

炎天下の昼下がり。ニルヤ村の入江海岸地域に建つ部落会館において臨時部落総会が開かれ、大多数の島民が参集した。司会・進行は常に笑顔を絶やさない大嶺一郎部落長である。

健一郎とカナスは最後部に席を取った。

健一郎が窓外の向こうにふと気づくと、干上がった入江干潟に二人の人影が何かしていた。噂の入江調査員である。入江には海中道路建造の話もあり、この計画もふくめて入江干拓事業が計画されているのだ。海中道路ができればニルヤカナヤ城へ参拝に行く場合も遠回りしないで時間の短縮が図られる。

入江干拓事業の一環として、淡水と海水が入り混じった入江奥の汽水域のマングローブ林の拡張事業計画もあるらしい。このマングローブ林では、マングローブの落葉や落枝が水底の生き物によって分解されるために、植物性プランクトンが増殖し、エビやカニや小魚の水棲生物が多種類棲息している。また干潮時には入江が干上がって渡り鳥が餌をもとめて大挙渡来するのだ。

水辺で餌をさがしていたシギの小群が飛び上がって北の方角へ飛んで行った。

「あ、向こうからクロサギが飛んできましたよ」

カナスのアヤグイが健一郎の耳元で聞こえた。

「ほんとだ。珍しいね、クロサギ！」

健一郎が立ち上がって窓辺に寄りかかっていると部落総会が開会された。

大嶺部落長の指名によって、最前席に座っていたフンマが演壇に立った。

白装束姿のフンマは頭にツルクサの冠《かうす》を巻いている。

「余計な話は省略して核心に入らせていただきますよ。ニルヤ様、わがニルヤカナヤの人々は、貴女の予言に対して不安と恐怖をおぼえています。これは歴史上かつてなかった一大事件ですよ。このまま事態が進み、悪化すれば、平和と秩序は完全に乱れて大変なことになりますよ。本当に、コレラやハシカが流行し、多くの人が犠牲になるのですか。ニルヤ様、貴女のこれまでの予言はすべて的中しました。その点敬意を表しておりますが、このたびの予言の場合は、ひとりよがりの邪推や嘘八百であってほしいものですね。そのあたりのことを明確に申し述べてくださいませんか。お願いしますよ、ニルヤ様」

長身のフンマが諭すようにいって席に戻ると、今度は、窓際から小太りのニルヤ様がつかつかと演壇へ歩み寄って立った。黒装束姿である。

「フンマ様、お褒めの言葉をいただき、恐縮しております。ウチの予言に、邪推も嘘八百も何の偽りもございません。何もかも真実ですよ。誰が愛する母国を混乱におとしいれる作り話を並べ立てますか。はっきりと鮮明に見えるから申し上げているわけです。犠牲者を最小限にとどめなければならないから、前以て警告を申し述べているわけです。いい機会ですから、あらためてはっきりと申し上げますよ。包み隠さず正直に誠意をもって真実を申し上げますよ。フンマ様、そして出席者のみなさん、よろしいですか。夏の終わり頃に、不幸にも、ニルヤネシアの島々にコレラが大流行して犠牲者が相当数出ます。更に、冬場において、わがニルヤカナヤにハシカが大流行して大勢の子供が犠牲になります。フンマ様、出席者のみなさん、繰り返し申し上げますが、犠牲者を最小限にとどめるためにはこれから対策を立てる必要がありますよ。ウチが申し上げることは何もかも真言です」

ニルヤ様は烈しい手振り身振りである。小柄な身体が大きく見える。

大嶺部落長がふたたび演壇に立って出席者に発言の有無を求めると、健一郎が挙手して発言権の指名を受けた。

健一郎は、細身の長身をゆらして会場前方へ進み、演壇に立った。

「ニルヤカナヤのみなさん、わたくしは、ヤマトからニルヤカナヤに参りました吉川健一郎です。カナヤ村の山城家でお世話になっております。みなさん、今後ともよろしくお願い致します。わたくしは、現在東京の大和大学大学院に籍を置く学生です。大学では、コレラのこともハシカのことも勉強しておりますので、わたくしの医療技術や智恵が未熟ながらも何らかの役に立つことがあるかもしれません。わたくしにできることは、全身全霊をそそぎたいと考えております」

健一郎は、黒色の手帳のページをめくり、話を続行した。

「コレラ対策に関して、わたくしが考える最善策は、すべての泊を塞いで外来者を入れない。それから、ニルヤカナヤを完全に封鎖して一人も外へ出さない。島内者や島外者の出入りを断つことによってコレラ流行の完全防止が可能となります。言葉をかえていうなら、ある一定期間、他島との交易と人間交流を断ち、わがニルヤカナヤを絶海のまっただ中に浮かぶ孤立無援の孤島とみなすことです。これを実行すれば犠牲者は一人も出ないことになると思います。みなさん、わたくしは、ニルヤ様の予言の中で、あることに気づきました。ニルヤ様は、コレラ流行に関してはニルヤネシアの島々、と断って、ニルヤカナヤとは特定しておりません。重要な鍵になると思われます」

健一郎の発言をさえぎるかのように色黒な若者が突如として立ち上がった。ニルヤ村の池間巌である。酒瓶をにぎって酔っぱらっている。でっぷりと太り、まだ二十代半ばらしいが、十歳は老けて見える。昼間から酒びたりになってぶらぶら遊びまわっているのだ。

「ニルヤネシアの島々といえば、ニルヤカナヤも当然入るだろう。違うかねえ？　ところで、あんたもコレラ流行を信じているということかねえ」

巌はぐらぐらと立ち上がったまま健一郎に意見をもとめた。

「わたくしは、伝染病であるコレラの流行を考えたくはありませんが、万が一に備えて今から対策を立てることは感染の未然防止になって重要だということを申し上げているわけです」

健一郎の表情が一変して勢いがついている。

「いっていることは、わかった。旅人の身分で威張った格好をするな」

巌は座りながら、ふざけるな、と捨て台詞も吐いた。

健一郎が降壇すると、大嶺部落長の指示でフンマが再度演壇に立った。

「ニルヤ様の予言に関して、一週間前に、ティンタウガナス王よりうけたまわりました真言の趣旨を申し上げます。ミャークシツ（宮処節）初日までにニルヤ様が前代未聞の予言を撤回しない場合は、ニルヤ様ご本人を裁判にかけることになります。今度やってくるキノエウマから三日間開催される最大の祭祀ミャークシツには、ニルヤカナヤ城が年一度全面的に開放されてニルヤネシアの島々からも参拝者が大挙来島します。ニルヤカナヤ初の裁判が行われるとなれば、その中日が開廷日で、会場は衆目面前の神前広場ということになります。以上、ご報告申し上げます」

フンマも活気づいている。引き下がらない構えだ。

「ウチの予言は絶対的な真言です。牢獄にぶち込まれようが、首討ちの死刑になろうが撤回の意志は毛頭ありません。ウチの予言は宇宙神の真言です」

ニルヤ様の烈しい手振り身振りが窓際で踊った。

大嶺部落長が重々しく演壇に立って、ニルヤカナヤ王国憲章を大声で読み上げ、十番目の「国内の治安・秩序・風紀を著しく乱した者は裁判にかける」を強調して臨時部落総会を閉会とした。

四

カナスに異常現象が起きた。

カナスは全くの別人に豹変してしまった、と健一郎は、カナスのことで初めて苦悩の日々を過ごしている。カナスは、食欲不振を訴え、やせ衰えているのだ。その美貌も見る影がない、と健一郎は思う。

全身にとり憑いた不定愁訴に日々悩まされるカナスは烈しい焦燥感にさいなまれているかと思えば、この頭がまっぷたつに割れてしまいそうだ、と嘆き悲しむ。人前であろうとなかろうと独り言にうつつを抜かし、幻影と語り、突如として唄い踊る。不快感と身体の震えを露呈し、幻聴、幻視、動悸、息切れを訴える。ところかまわず泣き散らし、まだ泣いているかと思っていると、はっと気づけば声を立てて笑い転げている。浮遊感にさそわれて夢見心地のまま外へ飛び出し、危険な路上であれ、草むらであれ、カナスは転倒して意識不明になることもあるのだ。

健一郎は打つ手もなく途方に暮れてしまった。

父親の時蔵と母親のメガサラは、それはカナスの小さいときからの癖の発作だからそのうちに治って普通の人に戻るよ、と半ば突き放している。

疲労困憊のはてに寝転がったカナスのかたわらに健一郎があぐらをかいてうつらうつらしていると、黒装束姿のニルヤ様が沈痛な面持ちでやってきた。どこか哀愁をただよわす二番弟子の与那覇マサイをともなっている。島の男達の評判は、マサイはカナスに引けを取らないカギミドゥン（美しい女）ということになっている。

ニルヤ様は、縁側にしばらく腰を下ろしてあたりさわりのない世間話をしていたが、カナス、カナス、とカナスの名を連呼して家の中へ入り、ぐったりと疲れ切って横たわるカナスの足元に座った。マサイは縁側に座って心配そうにカナスへ視線を投げかけている。

「健一郎さん、ほんとに大変なことだが、心配しながらも、心配しないようにしなさいねえ。カナスは、また神霊の過酷な試練を受けているよ。その試練を巫病という学者もいるねえ。生まれながらにしてムヌスーになる人は、神霊の意地悪な試練を乗り切ってすぐれたムヌスーになるわけ。辛抱強く神霊の癒しを待つしかないよ、健一郎さん。必ず治るからねえ…。ウチがわかるさあ」

ニルヤ様は諭すような口ぶりだ。

「カナスは、さっきまで唄い踊っていたけど、疲れ切って寝てしまった」

健一郎は寝不足の顔をニルヤ様に向けた。

「そうか、そうか。ほんとに大変だ。でもねえ、大丈夫だよ、健一郎さん。ウチもこのような神霊の試練を経てきたからよくわかるさあ。カナスは今闘っているよ。もう少しの辛抱だ。そのうちに、カナスは、このウチを追いぬくムヌスーになるさあ。ウチが神様になったら、ウチのあとを継いでカナスがこのニルヤカナヤの最高権威を握るムヌスーになることは明白だ。カナスは並みのムヌスーではない。健一郎さん、いいですか。気分を悪くしないで聞いてくださいよ。カナスはムヌスーもしながら、貴男に純愛をささげている。だからねえ、このウチの何倍もエネルギーを使っているわけ。ムヌスーはただでさえ相当のエネルギーを消耗するよ。ウチは独り身の気楽さもあって全エネルギーを巫業に傾注しているさあ」

ニルヤ様は軽く咳込んだが話を続けた。

「余談になるかもしれないが、ムヌスーの中には、中途半端なムヌスー、男遊びが好きなムヌスー、結婚と離婚を繰り返すムヌスーといった具合に、色々さまざまなムヌスーがいたよ。今もいるさあ。

しかしねえ、ムヌスーは、本質的に心優しく、慈悲深い存在だ。情けもあれば、人間だから煩悩もある。だからねえ、ある意味では支えてくれる人が必要だよ。それから脳味噌の片隅に入れておいてほしいことがある。ムヌスーの感性には異性を受け入れない一面のあることもおぼえていてください。異性を受け入れないときのムヌスーは、じつはねえ、神霊に夢中です。カナスはねえ、カナスは、健一郎さんの愛情を必要としていることは明白ですよ。まだカナスの手も握っていないねえ、健一郎さん。握ってあげなさいよ」

ニルヤ様は、カナスの両足をさすりながら言った。

カナスは、ニルヤ様とマサイが帰って陽が暮れても寝続けている。

健一郎が暗涙を拭いていると時蔵とメガサラが外出から帰宅した。

健一郎は薄暗い夜道を歩いてニルヤ村の長五郎を訪ねた。

酒盛りが始まっていた。

叔父の三雄が、やあ、健一郎、と手を挙げた。

「ああ、健一郎さん！」

三雄のかたわらに座っている徳成翁が笑顔で言った。

高弘は、サンシンを大事そうに脇に置いて、いつなんどきでも弾くぞ、という体勢である。高弘は五十歳だ。頭髪は薄く、額が光っている。そのかたわらに娘のマサイが物静かに座り、健一郎に視線を投げかけて微笑を浮かべている。

「久しぶりだねえ、健一郎さん。本航海も台湾まで行ってきたよ。昼前にニルヤカナヤに着いた。もう島の生活に慣れたかねえ」

長五郎は笑顔で健一郎を迎えてくれた。酔いがいくらかまわっている。

「はい、慣れたといえば慣れた、といった感じですね」

健一郎は長五郎の実家に入って座りながら言った。

健一郎に泡盛がすすめられた。

「ニルヤ様の予言は実際どうかね。難しい問題ですね」

健一郎が神妙な顔つきで言った。

「確かに難しい問題だねえ」

徳成翁も困った表情だ。

「ニルヤ様の予言も確かに難しい問題だが、難しい問題といえば空手も難しいよ。健一郎、じつはね、塩屋さんに空手を習っているけど、難しいよ、ほんとに」

三雄が健一郎と長五郎に視線を移しながら言った。

「上達しているよ。素質がありますねえ」

長五郎が笑顔で言った。

「長五郎さんは空手をされるのですか」

健一郎が身を乗り出して興味津々である。

「健一郎、知らなかったのか。塩屋長五郎といえば空手の達人だよ」

三雄が健一郎を見据えて言った。

健一郎は、なるほど、ウルマ丸船上の直感は当たっていたと納得した。

「いや、いや、まだまだ。神様になるまで修行です」

長五郎が笑いながら言った。

「確かに神様になるまで修行だねえ」

徳成翁の重みのある一言であった。

酒がそれぞれの口に運ばれている。

「あ、聞いているよ、カナスのこと」

長五郎が沈黙を破って切り出した。

「健一郎さん、カナスのことは心配いりません」

徳成翁が言った。ほろ酔い気分で活気がある。還暦を過ぎた老齢には思えない若々しさだ。

「はあ、ありがとうございます」

健一郎は、頭を下げて笑顔を見せたが、カナスのことが心配でならない。

「カナスは生まれながらにして霊能力が高い。そういう人をサーダカンマリ（霊性の高い生まれ）というさあ。カナスは特別の人だよ。健一郎さんは、カナスの非現実的なイニシエーションをまのあたりにして一驚されたことでしょうが、この発作は、カンダーリ（神憑り）といわれる異常心理状態で、カナス自身が避けようにも避けられない宿運の試練ですよ。カナスはまだ若いから、このシュールなイニシエーションを今後何度も経て二人といないムヌスーの地位を確立するだろうねえ。カナスはすでに多くの予言を出してみんなを驚かせているが、それはまだ序の口かもしれない。大御所のニルヤ様も舌を巻くほどのムヌスーの能力がカナスに備わっているようだ」

徳成翁は、淡々と話し、悠然としている。

「はあ！」

健一郎はノートを広げて万年筆を走らせている。

「高弘にこれからサンシンを弾いて唄ってもらいましょうかねえ」

長五郎が高弘を見ながら言った。

「僕は、三度のメシよりサンシンと歌が好きだ。いつでもいいよ」

高弘は色艶のいい丸顔をほころばせ、かたわらのサンシンを取り寄せた。

「誰かが家に石を投げているようだよ。あっ、やっぱり投げている」

長五郎が立ち上がって薄暗い庭先を見た。

「誰かねえ、石を投げているのは？　カナスか？」

長五郎の声が闇を照らした。

「カナス！　カナス！」

健一郎がそとへ出るとカナスが石垣の陰にうずくまっていた。

「カナス！　大丈夫？」

健一郎はカナスを立たせて抱き寄せた。

「浮気者。別の女に心を移して、あんたなんか死んでしまえ」

カナスは健一郎を突き放した。

「カナス！　わたくしは、別の女に心を移したことは一度もありません。いつもカナスのことを思っているよ。カナスが望むなら、いつ死んでもいいよ。でもね、カナス、死んでしまったらカナスが一番困るだろう？」

健一郎は薄闇に髪を振り乱したカナスを見つめた。

「うぬぼれ屋。女たらし…」

カナスは闇の中に健一郎をにらみつけて後ずさりした。

「カナスさん、家に入れば…」

長五郎がおもてへ出て言った。

高弘がすでにサンシンを弾いている。

かなしい旋律の歌だと健一郎は思った。歌の内容は皆目わからない。

カナスはおとなしい家猫のように小さくなって健一郎にくっついて座った。

「与那覇さん、初めて聞く歌です。これは？」

しんみりと聞いていた健一郎が言った。

「はい。これはねえ、昔からカナシャガマ・アーグといわれている歌だよ。カナシャガマとは、愛しい人、という意味。アーグとは歌のこと。これは相聞歌だねえ。ではもう一度サンシンを弾いて唄ってみるか。健一郎さんは、この歌が好きなようだねえ。あとで歌詞を書いて差し上げるから、カナスさんと一緒にうたったらいいさあ」

一、ッヴァガクトゥユ　アティィウムイヤシドゥ（あんたのことを　とっても思っていると）
ッシュタルズーユマイ　ユミユタルアヤウマイ（知っていた字も　読んでいた字も）
バッシニャンヨ　カナシャガマヨ（忘れてしまった　愛しい人よ）
二、ンミヤナンミ　スゥクヤナナスゥク（峰は七峰　底は七底）
クイナリクバヨ　カイシフィナヨ（超えてきたから　帰れとはいわないでよ）
ムドゥシフィナヨ　カナシャガマヨ（戻さないでくれ　愛しい人よ）
三、ッヴァガジャンマユ　トゥラリティカラヨ（あんたをこそ　娶ることができたなら）
センリヌンツマイ　イチリダキティドゥ（千里の道も　一里ほどに思って）
カユイクーディヨ　カナシャガマヨ（通ってくるから　愛しい人よ）

健一郎の要望に応えて高弘が再三サンシンを弾いて、カナシャガマ・アーグを唄いはじめると、カナスが泣き出してそとへ飛び出した。

「カナス、どうした?」

健一郎は、失礼します、と誰にいうともなくいってカナスのあとを追った。

長五郎もあとをついて家を出た。

健一郎がカナスのあとを追って歩いていると、突如として、闇の物陰から黒い人影があらわれた。

酔っぱらって足元のもつれた巌であった。

「こら、このヤマトゥブリムヌ(ヤマト狂者)カナスに手を出したら、クラヒー　ッシッドー(殺して　捨てるよう)」

ロレツのまわらない巌が健一郎の前に立ち塞がった。

健一郎のうしろから長五郎があらわれた。

「あっ、チョウゴロウスゥジャ(長五郎兄貴)、オレは何もしないよ。許してくれ」

巌は長五郎に気づくと恐れおののいた。

「巌が悪い人でないことはわしがよくわかる。酒を飲むなとはいわないが、毎日酒を飲み過ぎると、身体を壊すから気をつけないといけないよ。巌、空手をやってみないか。空手はいいよ…」

長五郎が言った。

カナスは、健一郎が手をつなごうとすると撥ねのけてさっさと一人歩き出した。

天上の中空に十三夜の月がひっそりとかかっている。

五

ニルヤ様の巫家はニルヤ村の小高い丘に建っている。ブッソウゲの生垣に包囲されて普通一般にどこでも見られる茅葺きの家屋だが、他家とくらべて外見はみすぼらしいたたずまいだ。ニルヤ様は、その気になれば経済的にも裕福になれる身分ではあるが、わずかな金銭や物品の報酬を受けるだけだ。清楚な暮らしの中で、巫業を営み、人々に奉仕することがニルヤ様のモットーである。

朝風が生垣に咲き乱れる真紅のブッソウゲの花をゆらしている。

「カナス、最近お客様が増えたねえ」

祭壇前に座って煙草を吹かすニルヤ様がカナスを見上げて言った。カナスは祭壇や室内を整えていた。

二人とも黒装束に着替えて来訪者を待っている。

「はい。確かに、増えました」

カナスは鄭重な口調である。これも修行者の日々の行なのだ。

来訪者を迎える巫室は六畳間の部屋で奥には祭壇がもうけられている。その正面にニルヤ様の守護神の宇宙神が祀られ、その手前に、香炉やロウソクや線香や花瓶が置かれている。更に、その手前のテーブルに、果物や菓子が一見無造作に供えられている。

ニルヤ様は両足をのばして座り、黒砂糖を頬張り、茶をすすっている。

「お客様が増えたわけを、カナスは明示できるか」

ニルヤ様の質問は唐突だった。

「ご指導を、よろしくお願いします。ニルヤ様」

カナスの返答は率直だった。

「明日は満月だねえ、カナス。これからいうことをよく聞きなさい。満月になると、この下界に、さまざまな変化が起きる。月のエネルギーは、人間の潜在意識にもしばしば影響をもたらすが、霊能者、詩人、哲学者、医者、天文学者は、月の不思議な影響を感受しやすいと考えられている。普通一般の人でも、その影響を受けやすい人はもちろんいる。月齢が原因で、このところお客様は増えているよ、カナス。海も、動物も、植物も、この人間も、間違いなく天体運動の影響を受けているねえ。インズー（海の血／動物としてのサンゴの死骸）の発生、マクガン（ヤシガニ）やアラガン（オカガニ）の海岸への大移動と産卵も、月齢に左右されている。魚も月齢によって、同じ漁場ではあっても、よく釣れたり、まったく釣れなかったりする。満月や新月にはさまざまな出血が増えるし、人間の精神状態も不安定になる。だからねえ、男の人は酒を浴びるほど飲んで騒ぎ、女の人はイライラして夫や家族にあたり散らす。そうなると夫婦喧嘩が起きるねえ。天体運動が深く関与しているよ、カナス」

ニルヤ様は軽く咳込んだが話を続けた。

「ウチはねえ、先祖崇拝だけで人の運勢や世の中の動静を占ってはいない。きょうもまた、カナスにウチの生命エナジーが注入された。勘の鋭いカナスのことだから、ほかに何か有益なるものを悟ったことでしょう。カナスは天体運動の関与まで明示できれば奇跡の霊能者となる。カナスは、ウチが神様になったら、この巫家を継いでウチ以上のムヌスーとして名声を博すことになるだろう。きょうは、多少しんみりとしたところもあるが、いい話ができた。ウチがカナスに伝授するものはもう何も残っていない。よかった、よかった、ほんとによかった。ああ、片付いたら茶を飲んで休みなさい。きょうは夕方まで忙しいよ。特別の人も見えるさあ」

ニルヤ様は晴ればれとしてまたカナスを見上げた。

カナスは、ニルヤ様の心裡のあらたなる動きと変化をキャッチし、ここには一大決意のあることを直感した。

「はい。ニルヤ様の尊い伝授を、ありがたくうけたまわりました。ありがとうございました。わたしの身体が熱く燃え、宇宙生命エナジーが流れております」

カナスは目頭を熱くして立ったままニルヤ様に一礼した。

「はい、よろしい…。健一郎は、毎日忙しそうだねえ」

ニルヤ様が笑顔になって言った。

「はい、毎日元気に忙しくしています。ニルヤカナヤのことを一冊の本にまとめるといって、頑張っています。ニルヤカナヤのことが何もかも知りたいそうですよ」

カナスのアヤグイが室内に明るく響いた。

「なるほど。よくわかる。そのことは、カナスと深く関係しているねえ。健一郎もカナスのことが大好きになったから、ニルヤカナヤも大好きというわけだ。一人の女を愛すると、その女の住んでいる家の石ころ一個にも愛情がそそがれるよ、カナス」

ニルヤ様も華やいでいる。

ニルヤ様はキセルに刻み煙草を詰めてマッチで火をつけた。

「そういえば、ニルヤ様。この間、健一郎さんが家のパパイアを見て、カナスのオッパイみたいにまことに豊かですばらしい、といっていたよ。それでちょっとスケベエな人だと思ったけど…」

カナスは恥ずかしそうに言った。

「なるほどねえ。生真面目な人間で色気の一つもない男かと思っていたら、いい話ではないか、カナス。ところで、カナスは、健一郎にオッパイを見せたことがあるか」

ニルヤ様もどこか照れている。

「とんでもございません、ニルヤ様。わたしはそんなに軽くありませんよ」

カナスは困った様子だ。

「ああ、半分は冗談だよ。でもねえ、半分は時間の問題だ。これから心の準備をしていたらいいさあ。男はどんなに賢い頭のいい人でも、突然獣に豹変することもあるからねえ。しかし二人は大好き同士だ。もう何もかもいいじゃないか、健康的で。そのお陰でカナスは元気になったわけよ」

ニルヤ様は大笑いし、空咳を連発しながら吹かしていたキセルの煙草の吸い残りをトントンとシャコガイの灰皿にたたき落としてから黒砂糖をなめて茶をすすった。

「ニルヤ様、恥ずかしいなあ！」

カナスが恥ずかしそうに口元に手をあてていると、人の気配がして、ブッソウゲの生垣の横の門口から、すらりとのびた身体に洒落た着物をまとって若々しく見えるフンマが一人あらわれた。髪を結い、着飾って、色白のフンマである。その姿は白装束ではなかった。しかも他のツカサの同伴もない。それはかつてない珍事であった。フンマは私用で外出するときも白装束に身をつつんで他のツカサの同伴者にともなわれなければならないのだ。フンマの単独行動はニルヤカナヤのツカサの掟に反するのである。

ニルヤ様もカナスも驚いた。

カナスは、ニルヤ様が話していた特別の人とはフンマのことだと納得した。

「フンマッサリ〔大母様〕いらっしゃい」

ニルヤ様は、特別の来訪者に一礼し、巫室に迎え入れた。

カナスがさっそくフンマに茶を出し、それから線香に火をつけて香炉に立てた。

「きょうは個人的な用で参りました。ニルヤ様」

フンマの口はどこか重々しい。顔色も蒼白い。

いつでも物静かで上品なフンマだが、どこか荒々しさが感じ取れる。

「承知しました、フンマッサリ」

ニルヤ様はまたフンマに一礼した。それはすべてのお客様に対する礼儀である。フンマだからといって特別な態度は取らない。

白煙が家中に立ちひろがってきた。

ニルヤ様は、正面の神棚に飾った宇宙神に向かって膝を立てて座り、手のひらをひろげた両手を前方に差し出して手前に引き寄せる礼拝をくりかえして祈祷していたが、まもなくトランス状態に入った。

ニルヤ様は、呪文を唱え、まったく豹変した。

それからニルヤ様は瞑想に入った。

ほどなくニルヤ様はフンマに向かって座り直した。

「ご尊敬申し上げるフンマッサリ。本日は、このむさくるしい巫家にわざわざおいでくださって恐縮しています。さっそくではございますが、明示をさせていただきます」

ニルヤ様はフンマに向かって一礼した。これもすべてのお客様に対する礼法である。

「ニルヤ様、お願いします」

フンマも丁寧に頭を下げたが、鋭い視線でニルヤ様を一瞥した。

「フンマッサリ。気分的な焦燥感、精神的な大きなゆらぎ、攻撃的な態度は、二、三日もすればきれいさっぱりなくなります。心臓がドキドキして脈拍が速くなっておりますが、これもすっかり治りますから、どうぞご安心ください」

ニルヤ様は眼を閉じたまま明示を告げた。

「ニルヤ様、どうしてそんなことがわかりますか。確かに、わたしの身体は現在そのような状態です。とても辛くて…」

フンマは眼を剝いてニルヤ様を見つめた。

「はい、わかります。フンマッサリ」

ニルヤ様は依然として眼を閉じたままである。

「その他に何かわかりますか」

つっけんどんなフンマであった。

「はい、わかります。全身にまつわりついた不快感は、今しばらく続きますが、心の平安を求めることによって、その症状をやわらげて楽になることができます。そのためには、最善策の一つとして、旦那様に優しくしてもらうことです。ツカサのみなさんの中には、夫とのまぐわいをおろそかにされる方がいらっしゃるようですが、それはいけませんよ。明日は満月です。先祖様に、感謝をささげ、今晩でも結構ですが、夜空に輝くきれいな月をながめ、そして旦那様に抱いてもらってください。ご自身からさそってよろしいですよ」

ニルヤ様は眼を開けて微笑を浮かべた。

「夫婦関係は、このところ三カ月もありませんが、自分からさそうのですか。こんなはしたないことはできないよ、淫売女みたいに…」

突如としてフンマが荒々しく怒り出した。

「フンマッサリ。淫売女ではありませんよ。愛し合う夫婦ではありませんか。誰がさそってもよろしいではありませんか」

ニルヤ様は微笑を浮かべたままフンマを見据えた。

「そんなことでイライラが治るかねえ、信じられないさあ」

フンマは声色まで変わって刺々しい。

「フンマッサリ。信じてください。宇宙神のお告げですから、大丈夫ですよ。本日の明示はこれですべて終了しました」

ニルヤ様は落ち着きはらっている。

カナスがフンマに出した湯呑みにふたたび茶をそそぎ入れ、黒砂糖もすすめながら、

「黒砂糖には、疲労回復、心臓強化、頭脳明晰の効果があると聞いております。どうぞお召し上がりください」と言った。

フンマは、すすめられるままに黒砂糖をなめ、茶をすすった。疲労感のただよう険しい表情の中にも、どこか明るい一条の光が射してきたような気配があった。

「ニルヤ様、十七歳の孫娘の明示もお願いしてよろしいですか」

フンマは、開きなおって、何かを試しているように見えないこともない。

「はい、よろしいですよ。では、さっそく」

ニルヤ様は、神棚の宇宙神に向かうと、祈祷をささげ、瞑想に入った。そして向きを変えると、瞑想状態のまま明示をフンマに告げた。

「孫娘さんも精神の安定を欠いております。毎日カンシャクを起こし、大変な緊張感に見舞われ、悪事を犯しかねない状態です。くる日もまたくる日も、神経が烈しく興奮しておりますが、ご安心ください。明日の朝、六時頃に目覚めたら月経痛が多少あるだけでいつもの心優しい孫娘さんに戻っておりますよ。先祖様に感謝をささげるように、孫娘さんにお伝えください。孫娘さんに対する明示はこれですべてです。フンマッサリ、大丈夫ですよ」

ニルヤ様は静かに眼を開けて笑顔になった。

「確かに、孫娘は、荒れて手がつけられませんが、月経のこともわかるものですか」

フンマは神妙な顔つきで言った。

「はい、わかりますよ。フンマッサリ」

ニルヤ様は笑顔のままである。

そこに、がっちりとした体格の徳成翁があらわれた。若い時分はスポーツ万能の選手で若い女の心臓をゆさぶった男だ。

「ああ、フンマも…。一人とは珍しい。ああ、なんだか気分が悪くてねえ」

徳成翁は、そういいながらも笑顔になって家に上がった。

「二、三日もすれば治りますよ。どうぞご安心ください。何の心配もありませんよ。明日の満月の夜は、先祖様に手を合わせ、ご馳走も供えてくださいよ。観月会を開いて酒も少しは飲んだらいいさあ」

ニルヤ様は、宇宙神に向かって祈祷も瞑想もしないまま笑いながら言った。

「そんなに簡単に明示できるものですか」

徳成翁はいささかうたがわしい表情をした。

「そうです。これ以上申し上げることもございません」

ニルヤ様は声を立てて笑った。

そこに一人の老女がいそいそとあらわれた。

「ニルヤ様、ウチのオトウ（夫のこと）が大漁して、夜釣りから今朝帰りました。サバニいっぱいの魚です。ニルヤ様の明示のお陰です。ありがとうございました」

老女は魚を籠に三尾入れて持ってきた。

「それはよかった。ほんとによかった。魚をありがとう。その大きな赤い魚は高値で売れるから、持って帰りなさいよ。今宵も、また明日も、明後日も、サバニいっぱいに大漁するから、同じ漁場へ出漁するようにいいなさい」

ニルヤ様は明るく言葉を投げかけた。

「どうしてそんなことまでわかるのですか、ニルヤ様」

徳成翁は相変わらず腑に落ちない様子である。

「ハーハーハー！　徳成さん！」

ニルヤ様は高笑いして刻み煙草をキセルに詰めた。

「摩訶不思議というしかない」

徳成翁はそういうと笑った。

小さくなって座っていたフンマは、これで失礼します、といって帰って行った。

六

微妙な冷気をふくんだ潮風がニルヤカナヤに吹き流れている。

ニルヤカナヤ最大の祭祀ミャークシツはキノエウマの初日を迎えて日の出と共に城正門が全面的に開放された。御嶽・神社の鳥居が神々しい。その脇には幟旗も立てられてニルヤネシアの風にはためいている。

ミャークシツは、初日、中日、後日、と三日間行われ、島民は初日から老若男女着飾って三々五々とニルヤカナヤ御嶽参拝に出かける。ニルヤネシアの島々からも船団を組んで親類・縁者や一般参拝者が来島し、午後からは、ニルヤカナヤ城の神前広場、国立公園中央広場、ニルヤ村広場、カナヤ村広場で民族舞踊が披露される。これらの祭会場では飲みやすいアワ酒もふるまわれる。このアワ酒は、ゆでたアワを未婚の女子が噛み砕いて発酵させた噛み酒である。

ミャークシツはアワの収穫祭であり豊年祭なのだ。

初日の朝早く、健一郎とカナスも大勢の参拝者にまじって樹林の中の坂道をのぼりつめ、高台にそびえるニルヤカナヤ城にたどり着いた。あたり周辺に、おごそかな空気がただよい、行き来する参拝者でにぎわっている。拝殿前の賽銭箱に賽銭を入れ、拝殿内奥の宮殿におわすティンタウガナス王とンマツツガナス妃を拝むのである。

健一郎とカナスが参道を通って礼拝をささげ、神前広場に戻ってくると、鳥居脇の木の枝に留まっていたニワトリが鳴き出した。ゴッケゴーゴー…、ゴッケゴーゴー…、ゴッケゴーゴー…、と尾を引いて、何度も鳴き散らしたから参拝者は驚いた。この珍光景は、ニルヤカナヤ建国以来の出来事であった。

「鳥居とは何かねえ、はじめて見るよ。鳥居のはじまりは何かねえ。どうして、ニワトリを鳴かせるのかねえ、珍しいよ」

参拝者の一人の色黒男が誰にいうともなく言葉を投げかけた。

「はあ、鳥居の起源ですか。諸説のうちの一説ですが、わたしのふるさと三重県伊勢の伊勢神宮に鳥居の起源をもとめることができると思います。美しい女神の天照大神《あまてらすおおみかみ》が隠れた天《あま》の岩屋戸《いわやと》の前でナガナキドリを集めて止まらせた止まり木が鳥居の起源ではないかと考えられております。ナガナキドリとはニワトリのことですよ。それで鳥居建造の記念に、ニワトリを木の枝に留まらせているわけですね。鳥居のことで何か質問がありましたら、遠慮なく申し出てください」

鳥居前にたむろした部落役員の面々と談笑していた三雄がその説明を買って出た。

「叔父さん、参拝を済ませましたよ。これから公園中央広場へ行ってアワ酒をご馳走になります。カナスは、この頃、体調良好ですよ」

健一郎が三雄のかたわらに歩み寄って言った。

「ご無沙汰しております。三雄叔父さん、またうちにも遊びにきてください。健一郎さんが、たまには叔父さんと飲みたい、と口癖ですよ」

カナスが笑顔で言った。

「わかった、ありがとう。夕方うかがうことにするか。ニルヤネシアの島々の神社造りも一段落ついたから、もう長くは滞在しない。きょうは豊年祭でもあるし、楽しくイッパイしたいところだね。カナスさんは、少しは肥えて、色艶もよくなり、元気そうで何よりだ。健一郎をたのみますよ」

三雄が笑顔になって健一郎とカナスを見まわした。

カナスの長い黒髪がニルヤネシアの風にゆれている。


健一郎はカナスの声を聞いて目覚めた。離れではなく、母屋の一番座であった。昨夜酔っぱらってそのまま寝てしまったのだ。ミャークシツ中日の早朝である。

「ムヌスー裁判の公示が出ていますよ、カナヤ村広場に…」

カナスの声を健一郎は耳元で聞いた。

健一郎とカナスがあわててカナヤ村広場へ行くと、ニルヤカナヤ王国憲章が書かれた掲示板に小さな貼り紙が貼ってあった。まさしくムヌスー裁判公示であった。

ムヌスー裁判公示

ムヌスーのニルヤ様ことタカミネメガ（高嶺女雅）をニルヤカナヤ王国憲章の十番項目「国内の治安・秩序・風紀を著しく乱した者は裁判にかける」に基づく罪状により裁判にかけることになりました。日時と法廷は左記の通りです。

ニルヤカナヤ王国ムヌスー裁判実行委員会

日時：ミャークシツ（宮処節）中日午後二時
法廷：ニルヤカナヤ城正門神前広場

「やっぱり…」と健一郎がつぶやいた。

「ニルヤ様は、投獄されることになるのですねえ」

カナスがつぶやくように言った。

午後二時前、健一郎とカナスが急いで城正門前の神前広場へたどり着くと大勢の人が集まっていた。

まもなく城正門前に白装束姿のフンマと九人のツカサがあらわれた。そのうしろから沈痛な面持ちの大嶺部落長と黒装束姿のニルヤ様がやってきた。ニルヤ様は両手を高々と挙げ、微笑を浮かべ、映えばえし姿である。

「これからムヌスー裁判を開廷します。ニルヤ様は前へ出てください」

大嶺部落長が大声で言った。

「コレラ大流行、ハシカ大流行を予言したのは、ニルヤ様に間違いありませんか」

群集前に颯爽と歩み出たフンマが声を張り上げた。いかにも高飛車な態度で勝ち誇った態度を取っているように見える。

「コレラ大流行、ハシカ大流行を予言したのは、このウチに間違いありません。ウチの予言は間違いなく成就しますよ。ゴホッ、ゴホッ、ゴホッ…」

ニルヤ様も声を張り上げた。ニルヤ様は堂々としているが、空咳を連発した。

「では、これより判決を申し伝えます。ムヌスーのニルヤ様ことタカミネメガ（高嶺女雅）を、ニルヤカナヤ王国憲章に基づく罪状により、ニルヤカナヤ城内の収容所に投獄する。ティンタウガナス王代読ナカマカニメガ（仲間金女雅）、以上」

フンマが紙切れを持って読んだ。白装束の裾が風にひらひら踊っている。

「ニルヤ様、何かいい残すことはありませんか。国王様よりの心ばかりの情けです。ありがたくお受けすることをおすすめしますよ」

フンマの言葉づかいはやわらかいが、視線は棘のように鋭い。

「ティンタウガナス王裁判長代理のフンマとツカサのみなさん、それから本日ご参集のニルヤカナヤのみなさん、ウチは投獄二年以内に神様になります。ウチのすべての予言は成就することになり、みなさんの心に大きな変化が起きます。みなさんはウチの予言を信じて末永くニルヤ様という霊能者を尊く思うことでしょう。最後に、みなさん一人ひとりのご健康とご幸福を祈ります。ありがとう、ありがとう…」

ニルヤ様は万歳の恰好で両手を高々と挙げた。

ニルヤ様の予言とカリスマ性に群集は感動した。

神様になる？　健一郎の脳裡にウルマ丸船上の長五郎の言葉がよみがえった。

ニルヤカナヤの人々は、人が死んでも死んだとはいわないで、神様になる、と聞いた。永遠の命をさずかって神様になった、とおそわった。確かに、ニルヤカナヤの人々はそれを信じているのだ。そうすると、ニルヤ様は、本人みずからの予言通り、投獄中に死ぬ、いや神様になる、ということになるだろうか。健一郎は複雑な感慨をおぼえてどこか平常心を欠いていた。

ニルヤ様は、ツルクサの冠《かうす》を頭に巻いたフンマにともなわれ、東の方角へ向かって城内深く入って行った。白装束姿と黒装束姿のあざやかなコントラストが健一郎の瞼の底に貼りついたが、ニルヤ様は、途中咳き込んで身をかがめた。

〔肺結核の疑いが？…〕

健一郎は言葉にならない言葉をやや緊張をともなって呑み込んだ。

七

カナスは、ニルヤ様投獄以後、ニルヤ巫家を継いでムヌスー業に専念している。

たまには狂気的な体調不良を訴えることもあるが、これはすぐれた霊能者についてまわる身体的特徴として何の問題もない。カナスは、ニルヤ様に勝るとも劣らぬムヌスーとしてくる日もまたくる日も明晰な明示を出して内外の人気を集めている。

カナスの守護神も宇宙神だ。

宇宙神はありとあらゆる命の源である。

ある日、ニルヤ様の霊が部落会館や広場や周辺の泊にあらわれるという噂がひろがった。その発信源は、カナスであるが、ムヌスーではない普通一般の人にもニルヤ様の両手を高々と挙げた姿が見えるというのである。

「ニルヤ様の霊は、何を意味していますかねえ、カナス」

徳成翁がにこにこしながらやってきて唐突に質問した。徳成翁は、好奇心旺盛な郷土史家で、ニルヤカナヤの石ころ一つにも関心がある。

「はい、わかりました。それはニルヤ様の生霊《せいれい》ですよ。ニルヤ様は、現在日々の食を断たれ、少量の水を口に入れるだけで余命をつないでいますが、かつて体験したことのない深い悟性の世界へ入り、その生霊は、生身の肉体を自在に出入りし、部落会館や広場や四方の泊にあらわれるようになったというわけです。部落会館や広場の暗示は、ここに集まって伝染病対策を話し合いなさい、泊の暗示は、ニルヤネシアにコレラが流行したらすべての泊を全面的に塞ぎなさい、ということです。ニルヤ様は、獄中もニルヤカナヤの安泰を一途に願っています。その一念が時空をつらぬいて生霊となってあらわれるわけですよ」

カナスは一息ついて続けた。

「あっ、それから、徳成さん…。ニルヤ様の生霊とはまったく違いますが、この間五歳の息子を持つ母親があわててこられまして、息子が夕暮れ、ヒダマに遭遇して以来魂《たます》が身体を抜け出た状態になっているので、明示をお願いします、と泣いていました。それで、それはヒダマではない、と明示しましたよ。夕暮れや宵に、水鳥が海辺の夜光虫を全身にかぶって飛ぶとヒダマに見えることもありますが、その正体は水鳥であるから何の心配もありませんよ、と諭しました」

カナスは華々しく自立して巫業をいとなんでいる。アヤグイも一段と色艶を帯びるようになった。

「ニルヤ様の生霊のことはまだまだ納得とまではいきませんが、ヒダマは、確かに夜光虫をかぶって飛ぶ水鳥のことだろうと思いますねえ。まさしく夜光虫をかぶって飛ぶ水鳥がヒダマの正体だと思います」

徳成翁は、にこにこしながら、落ち着いてゆったりしたテンポで言った。

健一郎は朝早くから真紅のブッソウゲの花陰に立って海ばかりながめやっている。はじめのうちは、ニルヤカナヤを離れて伊勢へ向かう三雄を見送った寂しさもあったようだが、就航間もない運搬船のニルヤカナヤ丸の航行状況がどうも尋常でないことに気づいたのだ。ニルヤカナヤ丸は何度も出入港をくりかえしている。出港時は空船だが、入港時は喫水線が低く荷物を満載していることが一目瞭然だ。

健一郎は昨夜の三雄の送別会を想い出して感傷的になっていた。

「健一郎、お前の人生はお前のものだ。伊勢に戻ってもいいし、カナスさんと一緒になってニルヤカナヤに骨を埋めてもいい。僕はね、健一郎、お前の味方だよ。じつはね、兄貴から、つまりお前の父親の健太郎から手紙をもらった。健一郎は夢ばかり追っている、健一郎を連れて帰ってくれ、と切々と書いてあった」

「ありがとう、叔父さん」

「取り急ぎ返事は出したよ、健一郎。何を書いたか知りたいか。吉川健太郎様、吉川三雄は無力です、と書いた。それだけだ…」

「叔父さん、ご心配かけて申し訳ありません」

「健一郎さん!」

健一郎は、ニルヤ巫家からいそいそと帰ったカナスの声を聞いて現実に戻った。

カナスは健康を回復して元気だ。世間の風聞によると、健一郎の愛情に助けられているということになっている。

「健一郎さん、緊急臨時部落総会が部落会館で夕方開かれるようですよ。コレラ対策を協議するそうです。なんでも大島の浜里に住む男の人が、嘔吐と下痢に悩まされていたが、その翌日神様になったそうです。他にも似たような症状の船乗りがいるようで、コレラではないかという噂です。この間の臨時総会で健一郎さんがニルヤ様のコレラ予言に対して、最善策はニルヤカナヤを完全封鎖することだと発言したでしょう。それでね、昨夜開かれた緊急部落幹部会で健一郎さんの発言が討議され、万一に備えて、今朝早くからニルヤカナヤ丸が日用雑貨や食糧を大島から運んでいるようです。それから学校は九月のはじめから無期限休校となっているそうですよ」

カナスは健一郎を見上げて早口に言った。盛り上がった胸部が烈しく脈打っている。

「わかった、ありがとう。診察しないことには何ともいえないが、コレラは、急性の伝染病だ。個人差があって軽く済む人もいるが、烈しい嘔吐と下痢がおもな症状だ。コレラにかかれば、大方の人は、一日か二日の命だよ。信じたくなかったが、ニルヤ様の予言が的中するということになるようだな」

健一郎は深刻な面持ちである。

「健一郎さん！」

大嶺部落長が声をはずませてやってきた。女性的な優しい口元が心なしか震えているように見える。顔色もよくない。

「患者に直接逢ったらわかりますか」

「はい、わかりますよ」

「よかったら、一緒に、ニルヤカナヤ丸で、大島へ行ってみませんか。かりにコレラとみなして感染しませんかねえ」

「コレラ菌は、患者や保菌者の糞便中に棲息し、汚染された飲食物を媒体として口から感染するので、大丈夫ですよ。それでは大島へ行ってみましょうか。コレラ患者かどうかを確認した上で、万一の場合、万全の対策を立てなければなりません」

健一郎の表情はひときわけわしい。

かたわらに立っているカナスは、そのような健一郎に、かつて見たことのないたのもしさを感じた。


干潮前の昼過ぎだった。ニルヤカナヤ丸のあわただしい入港を待って、部落会館で緊急臨時部落総会が開かれた。老若男女入り混じって騒がしい。

青白い顔色の大嶺部落長の挨拶のあとに健一郎が群集前に立った。

「みなさん、吉川健一郎でございます。お陰様で、ニルヤカナヤの生活にも慣れて楽しい毎日を過ごしておりますが、本日は、楽しくないことをお伝えしなければなりません。ニルヤカナヤ丸でニルヤネシアの島々をまわってきましたが、残念なことに急性伝染病のコレラが大島で発生しました。偉大なる霊能者のニルヤ様の予言通りの結果となって不幸なことですが、間違いなく大流行のきざしがあります。この間の臨時部落総会でも申し上げたことですが、わたくしは、ニルヤカナヤの全面的な完全封鎖を決議すべきだと考えております。全面的封鎖によって、ニルヤカナヤから犠牲者を一人も出さないで済みます。それでは質疑応答に入りたいと思いますが、ご意見のある方は遠慮なくどうぞ…」

健一郎は真剣そのものである。

カナスが他のムヌスーと一緒にいることに健一郎は気づいていた。

「コレラは、怖い伝染病だということを聞いたことはあるけど、眼の前に流行してきたことをはじめて聞いて、身体が震えるさあ。大島に親戚がいるから、本当に心配で夜も眠れないよ。健一郎先生、どんなことでコレラにかかるかねえ」

最前列に座っていた白髪の老婆が言った。

健一郎は、その老婆を正視して「オバア！ それは、それは、心配ですね」といってから、会場を見まわして力説した。

「みなさん、よく聞いてください。コレラという伝染病はコレラの病原菌によって感染し、そして驚くべきことに爆発的に流行します。コレラは死亡率が大変高い伝染病ですよ。コレラ菌に汚染された食べ物、飲み水を通して口から感染しますよ。感染した人は突然吐き気と下痢に悩まされ、身体から大量の水分が失われ、声がかすれ、身体が痙攣し、血液の循環が侵され、多くの人が一日か二日の命となりますよ。コレラにかからない対策としては、コレラの病原菌に汚染された食べ物や飲み水を口に入れないことですね。ですから、食べ物は過熱して食べること。飲み水は沸騰させて冷ましたものを飲むこと。コレラにかからない最大の最善策は、ある期間、ニルヤカナヤを全面的に完全封鎖することですよ。そうすれば、絶対にコレラにかかりません、絶対に…。よろしいですね」

健一郎は熱弁をふるった。

カナスが眼のあたりに手をやっている。

「コレラ患者の近くで空気を吸っても伝染しますかねえ」

中年の女があわただしく立ち上がって言った。

「空気感染はありませんから、その点ご安心ください。わたくしは、ニルヤカナヤの全面的な完全封鎖を希望します」

健一郎は堂々と意見を述べ終えるとカナスのそばへ行った。

しばらく休憩に入ると部落会館はがやがやと騒々しくなった。

「健一郎さん、とてもご立派です」

カナスは健一郎を見上げて涙を拭いた。

休憩後、総会は再開され、ニルヤカナヤの完全封鎖を決定した。

「前代未聞のニルヤカナヤのコレラ流行に際し、ニルヤカナヤの完全封鎖賛成は参加者全員です。よって早速、わがニルヤカナヤを無期限に完全封鎖します。ですから、いかなる人の出入も絶対禁止です。旅から還ってくる人も、用事で島外へ出た人も、ここしばらく、その出入は絶対禁止です。当然ながら大島から郵便物も荷物も入りません。まったく孤立無援の孤島になるわけです。みなさん、わかりましたねえ。あとは、部落の役員会によって詳細な対策が立てられ、コレラに関してはいかなる些細なことでも随時集会を開いて対応し、ニルヤ村とカナヤ村の掲示板に告示致します。みなさん、一丸となってコレラ侵入を阻止し、ニルヤカナヤを守りたいと思います。一人ひとりのご健康とご幸福を祈念して本日の臨時総会を閉会とします」

大嶺部落長の情熱的な宣言であった。

ニルヤカナヤはニルヤネシアの他の島々との交流を断絶した。

日用雑貨や食糧が不足にならないように臨時部落総会を部落会館で開いたところ、買い出しの船を琉球のウルマ島へ出すことを決めた。部落長の大嶺一郎と初代漁業組合長兼初代ニルヤカナヤ丸船長の松田勇の一大決断が発表された。イモと味噌があれば当分飢え死にすることはないだろうが、島民一人ひとりの健康管理を十分考えて決断をくだしたのである。

ニルヤカナヤ丸は、昼前、多くの島民に見送られて琉球のウルマ島へ向けていざ出港した。船長、機関長、以下数人乗っている。健一郎も乗り込んだ。コレラ流行に関する情報収集と医療関係者との面談が目的で大嶺部落長と松田船長の強い要請である。

健一郎にとって秋晴れの琉球の旅は快適そのものだ。

万物の母なる豊饒の海はどこまで行っても海である。健一郎は、松田船長の指導を受けて何度かブリッジに入り、はじめてラット（舵）を握って船の舵取りに挑戦した。そのうちに、ニルヤカナヤ丸は、この地球上の一点として海上に存在し、もう一点の琉球のウルマ島という到着点に向かってひたすらすすんでいる、と思惟に耽入る余裕をもった。夜間は星がきらめく空を見上げていると歌心も起こった。先導神のニヌハブシ（北極星）を見上げ、星明かりの海の旅は忘れがたい経験となった。

健一郎は、翌日船がウルマ島の泊に到着すると、幸運にも停泊中のウルマ丸を訪ね、またタイミング好く久しぶりに長五郎に逢うこともできた。

「ああ、ほんとに久しぶりさあ、健一郎さん。風の便りによると、わがふるさとがすべての泊を塞ぎ、ニルヤカナヤを完全封鎖した一大対策は大正解だった。それは健一郎さんの智恵だったようだねえ。さすがだ。それで、ニルヤカナヤにコレラ情報はまったく入らなかったと思うわけだが、船乗りの風聞によると、大島全域でコレラにかかった人は、なんでも二千人とも三千人ともいわれている。実数はわからないが…。大変なことだが、下火に向かっているようだねえ。わがウルマ丸の乗組員にもコレラ患者が一人出て病院に隔離された。それで保健所の職員が何人もやってきて、船を隅から隅まで消毒したよ。ああ、ところでねえ、健一郎さん、ちょっと待ってよ…」

長五郎は相変わらず堂々として落ち着きはらってはいるが、コレラ流行にはショックを隠し切れない様子だ。

長五郎は一通の手紙を持って埠頭に降りてきた。

「叔父さんからの手紙を預かっているよ。日付はまだ新しいから、最近のものだ」

「オヤジが危篤だ」と健一郎はすぐに封を切って青褪めた。

「お父さんが危篤？　それは大変だ。困ったねえ。ちょっと待ってよ」

長五郎は、そういうと停泊中の商船を訪ねて走って行き、まもなく引き返した。

「健一郎さん、幸運だった。大阪行きの貨物船がまもなく出港だ。通常一般客は乗せないが、友人の船長に事情を話した。すぐに乗りなさい。あとのことは心配しないでいいよ。ああ、お金が必要だねえ」

長五郎は財布の紙幣を全部抜き取ると健一郎に手渡した。

健一郎は大阪行きの貨物船の甲板に立って長五郎に手を振った。

八

ニルヤカナヤは、万全の態勢をととのえて悪疫のコレラ罹病者を一人も出さなかったが、あらたな災難が降りかかった。なんということか、冬場に悪性のハシカが蔓延して子供の犠牲者が続出しているのだ。二人の犠牲者を出した家があり、三人の犠牲者を出した家があり、女達の号泣は、震え、千切れて絶えることがない。

「カナス、ニルヤ様の予言が次々に的中して恐いですねえ」

朝早く、大嶺部落長が寝不足の眼をこすりながら山城家にやってきた。

「ニルヤ様の予言は一つ残らず成就しますよ」

カナスは神棚前に正座して瞑想状態である。

「健一郎さんから何かありませんか」

大嶺部落長は庭先に立ったまま言った。

「ただいま南下中ですよ。健一郎さんのお父さんは危篤状態から脱しました。健一郎さんは、そろそろニルヤカナヤに到着しますよ」

カナスは依然として瞑想状態である。

「そんなことまでわかるのですか、カナス」

大嶺部落長は怪訝そうに言った。

「はい。何もかもわかりますよ。健一郎さんが今何を思っているか、そのことまでわかりますよ。二人は離れていても交信し合っていますから…」

カナスは一度眼を開けて大嶺部落長を一瞥したが、再び瞑想に入った。

「なるほど。不思議なことですねえ。ところで、カナス、コレラの流行は下火になったという情報が入りましたので、ニルヤカナヤの一部を解禁したいと考えているよ。泊の守備要員は、今しばらく待機させるが、コレラはもう大丈夫だろう。しかし、それにしても災難続きだねえ。五、六歳の子供が急性伝染病のハシカにかかって犠牲になっている。ニルヤ様の予言が的中しているねえ。カナス、わしは胸が痛くて夜も眠れんよ。部落長としてではなく、一人の人間として…。わしの家とフンマの家が親戚関係というしがらみもあって…。カナス、健一郎に早く戻ってきてほしいねえ」

大嶺部落長は眼を真っ赤にして饒舌だった。

カナスが眼をあけて微笑を浮かべた。

「よし、これから、臨時役員会を開くことにしよう」

大嶺部落長は山城家を出て行った。

寒露の日の昼過ぎに緊急臨時部落総会が部落会館で開かれた。

伊勢からニルヤカナヤにたどり着いた健一郎は、カナスには逢わないで総会に参加し、ハシカに関する講話を展開した。

「みなさん、大変なことですが、絶望的にならないことが肝心です。大勢の子供さんの犠牲は、大変残念でなりませんが、希望を持って、ハシカ対策に望みたいと思います。ヤマトにおいても、ハシカワクチンは目下開発中で使われておりません。このハシカワクチンが開発されたら、ハシカは絶滅できますが、まだそこまで医学が進んでおりません。このハシカは、直接患者に触れる、咳、クシャミによって人から人へ伝染しますが、二回以上かかることは稀です」

健一郎は一息ついて続けた。旅の疲れがあるかもしれない。

「症状としては、身体がだるい、不機嫌、食欲不振、嘔吐、下痢、結膜炎、流涙やメヤニ、まぶしい、鼻汁、咳、クシャミ、高熱がありますが、特別な治療というものがありません。何よりも、家族のあたたかい看護が大切ですよ。部屋には常に清浄な空気を入れ、そしてやさしい光も入れること。患者を冷やしてはいけませんから、寒くならないようにすること。高熱のときでも冷やさないで冷たいタオルで顔を拭く程度でよろしいですよ。食べ物は消化しやすいものがよろしいですよ。栄養価の高いものがよろしいですよ。それから、眼や皮膚や粘膜保護のために、ビタミンAを豊富に含んだ食べ物をたくさん摂取することですね。例えば、ニワトリの卵、海藻類、ニンジン、ニラにビタミンAは豊富に含まれています。のどが渇いたら、黒砂糖の砂糖水を十分に与えるとよろしいですよ。お薬は、鎮痛剤と咳止めを用意しました。ここで質疑応答に入ります。ご自由にどうぞ。何でもいいですよ…。何でもいいから…。はい、どうぞ」

健一郎は熱弁をふるった。無精髭を生やし、ズボンも白いシャツも汚れている。

後方の窓際にカナスと他のムヌスーと長五郎が立っている。

その近くに酔っぱらった巌がうろつきまわっている。

「健一郎先生、うちの子は、もう治ってきたけど、肌がまだ黒くて心配さあ、女の子だから…」

若い女の人が立って言った。

「そのような悩み事を持つお母さんは、大勢いらっしゃると思いますが、ご安心ください。その褐色の色素沈着は、一カ月以内に完治します。先程申し上げましたビタミンAを含んだ食べ物をたくさん食べさせてください。大丈夫ですよ」

自信満々の健一郎が言った。

「私は大島保健所の職員であります。吉川健一郎さん、ぜひともお尋ねしたいことがあるのですが…」

メガネをかけて小太りな体付きの青年が立ち上がって言った。

「はあ？　何なりとどうぞ…」

健一郎は低姿勢であった。

「吉川さんは、まだ学生ということを小耳に挟んでいますが、ニルヤカナヤで医療行為をしておりますね。医師免許をお持ちでしょうか」

大島保健所の青年はメガネに手をやりながら言った。

会場にどよめきが起こった。

絶好のチャンスとばかりに、巌がフラフラしながら人垣をかき分けて中央部まできて立ち止まると、健一郎を指差してわめき散らした。

「こら、お前が医者なら、この俺様は博士だよ。恰好をつけるな。さっさと島を出ていけ。ヤブ医者め」

「わたくしは、国家試験に合格し、医師免許を持っておりますよ。ただ今お見せしますから少々お待ちください」

健一郎は、かたわらの鞄の中から筒を出し、その中から丁寧に医師免許証書を取り出した。そして両手でひろげ、群集面前に提示した。

「はい、結構です。吉川さん、失礼しました。うるさい上司のいいつけを許してください。わたしは砂川という者です。お許ししてください。よろしくお願いします」

砂川と名乗る青年は恐縮して頭を下げた。

「その免許証は偽物だ。さっさと島を出ていかんと殺してやるぞ」

勢いのついた巌は口を歪めてわめき散らしている。

「まあ、まあ、巌。おだやかに願いますよ」

大嶺部落長が右手を前方に差し出して言った。

「健一郎先生、うちの子は、ノドが痛いといって苦しそうだよ。合併症ですかねえ」

また若い女が立った。

「あとで診察してみましょう。ハシカの合併症は主として呼吸気道にきます」

健一郎はどこかゆったりとしている。疲れがあるかもしれない。

「健一郎先生、うちの子はまだハシカにかかっていませんが…」

また若い女が立った。

「ほとんどすべての子供がハシカにかかります。ハシカワクチンが開発されない限り、ハシカ予防は困難ですね。いまのところ大事に至らないように気をつけて看護する以外ありません」

健一郎は、全力をつくし、賢明であった。

「これでよろしいでしょうか。わたくしは、常時待機しておりますから、子供さんに何かありましたら、ぜひお連れください」

健一郎は、そういうとカナスに視線を移して移動した。

会場はがやがやしている。

「ごめんね。黙って、琉球やヤマトまで行ってきて…」

「いいえ。お父さんの心配をしたけど、元気になってほんとによかった。健一郎さん、コレラのことでも、今度はハシカのことでも、とてもご立派よ」

「カナス、あとで話があります」

「はい！…」

その話が何であるかは、すでにカナスにはわかっていた。

カナスは、いったんニルヤ巫家へ戻ってから、家路をたどり、そして身だしなみを整え、正装して健一郎の帰りを待った。

カナスの両親もカナスのいうとおりにして上等の衣服に着替えた。

一番座の食台に料理と酒が用意され、あとは健一郎の帰りを待つばかりとなった。

夕暮れ、無精髭をはやした健一郎は、勇ましい恰好で帰ってくると心なしか緊張した面持ちで一番座に上がった。

「お父、お母、カナスと結婚します。どうか末永くよろしくお願いします」

健一郎は元気いっぱい報告した。反対されないと信じていたのだ。しかし内心、もし反対されたとしてもカナスと婚姻を結ぶことを引き下がらない覚悟だった。

「はい。大変喜ばしいことです」

陽焼けした顔をほころばせて小柄な時蔵が言った。

「はい。大変喜ばしいことです」

笑顔になっているメガサラが言った。

「健一郎さん、ありがとう。伊勢のお父さんとお母さんにはわたしからお手紙を出します。お父さんとお母さんと一緒に暮らすことはないにしても、わたしには吉川家の長男の嫁としての自覚はあります。健一郎さんは吉川内科小児科医院の後継者を次男の健次郎さんに譲ることになったけど、立派なお医者さんとして、ニルヤカナヤの人々に尊敬されて活躍していることもお知らせしたいと思います」

カナスは満面の笑みをたたえて言った。

九

健一郎とカナスは、新年の朝抱き合い、離れで結ばれた。二人は引かれ合い惚れ合って夫婦になった歓喜と感動をかみしめた。

大嶺部落長の発案により、吉川健一郎と山城カナスの結婚祝賀会が計画され、空手の達人の長五郎の琉球古武道の演舞も披露される予定だったが、健一郎は、心から喜んでありがたくお受けしたいと思っていますが、と前置きして断ったのだった。

「健一郎さん、それでいいですよ。たくさんの幼い子供が神様になっているから、祝賀会どころではありません。各家庭自粛して正月祝いもとりやめています」

カナスの凛々しい態度を健一郎は黙って受け止めた。

それから数日後、吉川三雄叔父から手紙がとどき、健一郎は、オヤジの逝去を知ったが、伊勢には帰らずに子供達のハシカの治療に専念した。

十

健一郎は、麦藁帽子をかぶり、白いタオルを首にかけて島を歩きまわり、色白の男が色黒の島の男になっている。

「ンナマドー」（いま帰るよ）

夕暮れ、健一郎が民俗調査から颯爽と帰った。すでに健一郎は、ニルヤ語も使うようになっている。

「お帰りなさい」

カナスが元気な声で健一郎を迎えた。

「あっ、赤飯だ。何かいいことが…」

健一郎が一番座に視線を向けて言った。赤飯が食卓に出ているのだ。

時蔵もメガサラも食台を囲んで座っている。

「ヤグミ、ジャウトゥーヌクトゥドー。ケンイチロウ…」（とても、上等なことだ。健一郎）

時蔵が甲高い声色で威勢よく言った。にこにこしている。

「健一郎、カナスが妊娠したよ。三ヶ月だよ。ウチはオバアになるからとても嬉しいさあ、健一郎」

メガサラが落ち着いた低い声で言った。ヤマトゥウツ（ヤマト口／日本語）だ。

そのかたわらに座っていたカナスが健一郎を見上げて嬉しそうだ。

「そうか、そうか、カナス。やったねえ。俺は女の子がいいなあ。カナスの手伝いもできるから…」

健一郎は時蔵の向かいに座って言った。

「はい、わたしは男の子でも女の子でも…」

カナスが満面の笑顔で言った。

まもなく大嶺部落長夫婦がやってきた。

「おめでとうございます」

大嶺部落長は祝酒を差し出しながら言った。

「健一郎さんは、もうニルヤカナヤ人だねえ。色も黒くなって、どこから見てもニルヤカナヤ人だよ。ニルヤ語も自在に使えるようになったし……」

「はい…。それはよかった。嬉しいよ」

健一郎が笑顔になって言った。

「ヤマトへ行く用事があるようだねえ」

大嶺部落長が遠慮がちに言った。

「はい。十月八日に東京で医学学会があってねえ。わたくしも発表するさあ。ムヌスーに関することを発表したいねえ。シュールなムヌスーとは何か。スピリチュアルとは何か、など考えているけど…。そのためにはニルヤカナヤのことをもっと勉強しなければならない。その調査のために毎日飛びまわっているわけ」

健一郎は酒を飲んで舌のまわりもいいようだ。ニルヤカナヤ訛りも出ている。

「健一郎さん、シュールとは、スピリチュアルとは、何かねえ」

大嶺部落長が言った。

「ああ、ご免、ご免。シュールとはシュールレアリスムを略した言葉だけど、非日常的なさまをいいます。また、スピリチュアルとは、これは心にかかわる概念で、魂の、とか、霊的な、とか、神の、とか、超自然的な、などの意味合いがありますねえ」

健一郎は面倒臭そうに言った。

カナスの妊娠三カ月の祝いは、ささやかに行われた。

翌日、部落会館で臨時部落総会が開かれ、五月のヒャーリクズと夏の終わり頃開催が予定されていたミャークシツは、不安定な社会状況を踏まえ、参加者全員の総意によって中止されることになった。

十一

健一郎は東京にいた。

久しぶりの大都会の喧噪の中を歩いているだけで眼がまわった。

健一郎は、友人に逢い、大学の恩師に逢った。ノスタルジアにかられて無性にニルヤカナヤへ還りたい衝動にかられた。

健一郎が東京駅の中を歩いていると後方から女声が聞こえた。

「あのう、ちょっと…。健一郎さん?…。人違いでしたら、ご免なさい」

「なんだ、節子じゃないか」

「健一郎だ！　真っ黒に焼けて、これでは分からないわ」

節子と健一郎は大和大学医学部の同期である。

二人は近くのコーヒー店へ入ってコーヒーを注文した。

「琉球の女と結婚したそうですね」

「はい、霊能者だよ。地元ではムヌスーといっているが、琉球のウルマ島でいうユタのことだよ」

「ムヌスー?　ユタ?　霊能者?　シャーマンのことですか。興味ありますね」

「そうでしょう！」

「耳に入っているかどうか。中村法子《のりこ》さんは何カ月か前に亡くなったそうですよ。なんでもウツ病だったとか。自殺の疑いがあるらしい」

「ああ…！　知らなかった。知らなかったよ…」

瞬時に、健一郎は、深い嘆きの表情になった。

中村法子は健一郎の許嫁で大和大学大学院の一期下の医学生だった。父親は大病院の院長として内外にひろく知られた医学博士である。

健一郎は、悲哀の重荷をかついで節子と別れると、一大決意をくだす心境に至った。

健一郎は、医学学会前日に事務局へ出向いて「ニルヤカナヤ王国に於ける霊能者の予言能力に関する報告」のレジメ原稿を提出し、一身上の都合を事由に欠席を懇願した。それから大和大学大学院へ退学届を出し、伊勢へ向かう途中、京都の親鸞開祖の浄土真宗の古寺へ入った。この宿房に寝泊まりして南無阿弥陀仏《なむあみだぶつ》を称え続けた。暗涙がほとばしって中村法子の寂しそうな白い顔が消えなかった。

十二

カナスが出産した。

十月十日六時過ぎ、親戚筋のオバア達の介助に助けられて長女を出産した。

カナスは、コヤスガイを強く握りしめた。名前は女子なら、寿子（ひさこ）と名付けることを健一郎とカナスは決めていた。吉川寿子（よしかわひさこ）は、誰が見てもヤマトゥカーギ（ヤマト顔）の色白な女子である。

ニルヤ様の二番弟子の与那覇マサイもカナスの出産に立ち会った。

「マサイ、ありがとう。わたしは出産前に、うたた寝していたけど、夢の中にニルヤ様があらわれました。笑顔でしたよ。ニルヤ様は神様になったと思います」

「はい、カナスさん。わたしもそのように思います、カナスさん、出産は安産でしたねえ。おめでとうございます」

マサイはしばらく雑談後、巫家へ戻った。

カナスが出産休暇中なので巫家はマサイが仕切っている。


タカの秋の渡りがたけなわとなった。

青空を黒く染めたタカの大群がまるで河となって流れ、その大河は、南下し続けているのだ。

〔寿子、タカさんがたくさん飛んでいるよ。お父もいるよ〕

カナスが寿子をあやしながら言った。

タカはニルヤカナヤでは神の鳥として伝承されている。

カナスが寿子を抱いて庭先のブッソウゲの花陰に立っていると健一郎が還ってきた。

健一郎はツンプン（屏風）の右側からあらわれた。

「ヒサコ、ンナマドー。オトウドー」（寿子、今帰ったよ。お父だよ）

健一郎の声がはずんだ。

「お帰りなさい」

カナスの声もはずんだ。

「健一郎さん、伊勢に立ち寄ったね。お母様にお手紙を書いて寿子の誕生を報告しましたよ。お母様、お元気でした？」

カナスの声はなおもはずんでいる。にこにこして…。

「はい、元気だったよ。親戚が集まって寿子の誕生祝いをしたそうだ。吉川内科小児科医院はいまだ閉鎖されているが、二年以内に再開の見通しがついた。医者になった弟の健次郎が伊勢に還る予定だ。ほんとによかった。オヤジの霊前に線香を立てて寿子の健康と成長を祈ったよ。併せてニルヤカナヤのみなさんの幸せも…」

健一郎は涙声でうつむき加減である。

時蔵とメガサラが二番座のテーブルを囲んで茶をすすっていた。

うしろから寿子を抱いたカナスも家の中に上がった。

「お父、お母、遅くなりました。あれこれ用事があって…」

健一郎はいいわけをしているような気がした。どこか後ろめたいものを意識して戸惑いが感じられた。

「ジャウトゥードー。ガンジューヤヒーカナイ、ケンイチロウ」(上等だよ。元気で頑張れ、健一郎)

時蔵が笑顔で言った。

「ガンジューサーイツバンドー、ケンイチロウ」(元気が一番だよ、健一郎)

メガサラも笑顔で言った。

「寿子、お父だよ。いつも一緒だよ」

健一郎は、ヤマトの国の土産を神棚に供えて先祖神を拝み、カナスから寿子を抱き取って時蔵のかたわらに座った。健一郎は人が変わったように満面の笑顔となり、どこか心機一転の雰囲気が感じ取れる。

カナスも涙ぐんで寿子を抱いた健一郎の腕をつかんで座った。

〔わたしがいるよ、寿子もいるよ…〕

健一郎は、カナスの魂の声を聴いたような気がした。

ニルヤネシアの海から、満ち上がってくるニルヤ潮《すぅー》の調べが聴こえる。

海を越えて

一

熊野の薄暗い山路を登りつめて那智山の頂上に立つと驚くばかりの一大パノラマがひらける。天下無比の壮麗なる世界を目のあたりにして、何人もある種の覚者となるだろう。

眼がさめてどこまでも見渡せる眼下に、古杉の生い茂る原生林がうねり、枯木灘、勝浦湾、勝浦の集落のたたずまい、那智の集落のたたずまい、那智湾、その沖合に蒼々とした熊野の海が広がり、その彼方に、黒潮が流れ、ゆったりとたゆたう大海原が感動的に眺望出来る。この壮麗なる一大パノラマは他に全く類例がない。まさしく大自然の織り成す芸術的絶景である。

時は弘安三（西暦一二八〇）年、鎌倉時代後期。

若い修行僧が一見茫惚とした表情で那智山の頂上に一人立っていた。古びた墨染めの衣に身をつつみ、クスノキの枝でこしらえた杖を持っている。十代初めに発心を起こして以来、半聖半俗の暮らしを営み、自己鍛錬の修行に精進している。

名は、宮本日真《にっしん》。二十一歳。鼻の高い長身の青年である。

日真は、修行僧仲間と山岳修行の折々に、那智山に一人登り、一念を馳せて、日々の生活の糧を得る那智湾や熊野の海を、そしてはるかに、大海原を眺めやるようになったのである。

かつて幾人かの上人が、万感の思いを胸深く秘め、那智浜の宮のさざ波寄せる白浜から帆掛け船にまたがって黒潮に洗われる熊野の海へ乗り出し、補陀落《ふだらく》浄土をめざした。何を思い、いかなる目的成就のために、入水往生しなければならなかったか。世の風聞によると、衝動説もあれば、妄信的な自殺説もあり、ひたすら身内や衆生のしあわせを乞い願って補陀落浄土に走ったという噂もあるが、その胸のうちは何人にもわからない。

山頂にたたずんでいると、眼下の山々がざわめき、寒風が吹き上がって来る。無明から醒めた思いではるかな大海原を眺めやっていると、無性に、尽きることのない水平線をめがけてまっしぐら突き進みたくなるのはなぜか。なにゆえに、命脈の続く限りどこまでも突き抜けてしまいたい衝動にかられてしまうのか。

洋々たる海洋への強い憧憬は今に始まったことではないが、ここに至って、不思議な心境になる。日真は、発心以来海浜の岩場や山々の高所によじ登っては那智湾とその向こうの熊野の海をはるかに眺めやり、どこまでも限りない夢想を描き続けた。沖ゆく船に乗ってどこか未知の遠い国へ行ってみたいと考え続けた。

飽きもせずに大海原を執拗に眺めやっていると、枯木灘のはるか彼方の水平線に、思いがけなくも、船首と船尾のそり返った大型帆船の影絵が忽然とあらわれた。不意をつかれ、一瞬凍りつく思いにわれを忘れた。ひょっとしたら、文永十一年（西暦一二七四）十月に勃発した「文永の役」の後も日本海や東シナ海に出没するという噂の蒙古の兵船かも知れない。

蒙古襲来の恐怖がよみがえった。

日真は当時十五歳だった。

法華経の行者日蓮の異国の攻撃を受けるだろうとの予言が的中した蒙古襲来は、民衆を根底からゆさぶった一大事件だった。元軍は、対馬と壱岐を侵略し、さらに博多湾岸に上陸し合戦したが、夜中吹きまくった暴風雨に追い払われて敗退した。しかし、蒙古襲来の陰鬱な余波は、何年経っても脅威的になまなましく尾を引いているのだ。

日蓮は、蒙古襲来を予言しながら、「文永の役」勃発の数年前に谷険しく雲霞に閉ざされる身延山の奥深く隠棲して娑婆に出て来なかった。なにゆえに、日蓮は、世の安泰と衆生救済の道を説かずに人里離れた奥深く隠棲しなければならなかったか。いってみれば、隠棲行も確かに行には違いないが、人心に不安と恐怖の潜む時代の先端の荒波をかぶって衆生救済を説かない理由は何であったか。

日蓮には日蓮の思いというものがあっただろうか。

一方、ほぼ同時期、伊予国を出奔して底揺れする時代の諸国遊行を実践した上人がいた。念仏聖の一遍である。その目的は、ついにはみずからの命までも捨てる捨身の念仏行を極めることであったが、その行の真意の一つは、同時に、蒙古襲来を予知し衆生救済を意図した諸国遊行ではなかったか。

一遍は、大阪の四天王寺を経て親近感をいだく空海上人が入定する高野山奥之院に参詣し、遊行聖の聖地として名高い熊野をめざした。超一、超二、念仏房の女連れであった。

人の眼を引かずにおかない一遍一行は、行者や巡礼者の行き交う夏の熊野路に入ってなにはともあれひたすら念仏行に励んだ。

噂によると一遍は、行きずりの名もなき一僧との奇遇を契機に回心を重ね、同行の女三人の追随を許しながらも一大奮起したといい伝えられている。そしてついには、この世に生存した証拠までも抹消すべく諸国遊行の捨聖行に一念を馳せ、熊野からもいさぎよく旅立って行った。

蒙古の襲来以後、明けても暮れても得体の知れない黒い影のさす時代に、内にこもった日蓮聖人も外にあらわれた一遍上人も、まさしく時代の申し子であった。

日真が戦慄を覚えながら念珠も千切れんばかりに揉み込んでいると見るからにそり返って威圧的な大型帆船の影絵は、またたくまに萎縮し、不思議な存在の水平線に消えた。

二

夏が遠ざかり秋がめぐり来て晩秋が駆け足でおとずれると浜の宮の風も水も冷たくなっていた。そろそろ木枯らしが吹きつけて来るかも知れない。長い砂浜のあちらこちらにまだ子供達が遊びほうける夕暮れ、日真と父親の真魚《まお》は漁から帰路についた。

船を岸辺に押し上げてから、いつものように家路を黙々と歩く真魚の後を日真ものんびりと歩いていたが、どこか浮き浮きした様子だった。籠の中にはエビやアワビの他に大きな鯛も入っていた。真魚の語りかけにも一向に耳をかさないで黙りこくっていた日真が、漁を切り上げる直前に、熊野川河口の沖合で釣り上げたのである。真魚と日真は顔を見合わせて笑い、よかった、よかった、といい合って喜んだ。日真の表情ががらりと変わり、始終口元にうっすらと笑みを浮かべていた。

真魚と日真は、クスノキの大木の陰にひっそりと建つ茅葺きの家が見えて来るといそいそと進んで行った。

庭の焚火から白煙が空にまっすぐ立ちのぼっている。その向こうには熊野の山々が黒々と聳えている。日真はなにげなく那智山を見上げた。この頃気がついたらそうしているのである。

身体の弱い妹の秋穂《あきほ》が、ランプの薄明かりに照らされて何やら書いていた。秋穂は、真魚と日真の帰宅に気づくと透けたような白い顔をおもてに向け、こんこんと咳をしてから、嬉しそうに、お帰りなさい、と哀愁を帯びた声でいった。

「秋穂、誕生日おめでとう。ほら、大きな鯛だぞ」

日真は籠の中から鯛のしっぽをつかんで持ち上げて見せた。

「ほんとに、大きな鯛」

秋穂は、憂いを含んだ微笑を浮かべて立ち上がり、戸口まで来て鯛にしげしげと見入った。台所で湯を沸かしていた母親の玉緒《たまお》も外に出て来て日真が持ち上げた鯛を見上げて、笑顔になり、誰に話しかけるともなく快活にしゃべった。

秋穂の十九歳の誕生日を祝う夕べ、真魚と日真は久し振りに酒を酌み交わした。真魚は海のことばかり朗々としゃべり、日真は山岳修行についても話したが、渡海へのひそかな一念が脳裡をよぎると内心はっとした。しかし、いずれは家族にも打ち明けなければならないのだ。その時期がそろそろ到来しているように思われる。渡海願望は、日々高まり、その決意は、そこはかとなく秋気のただよう頃からゆるぎないものになって来たのである。

日真は、真魚、玉緒、秋穂を熱いまなざしでつつみ込んだ。がっちりとした体格の真魚は、誰が見ても色黒男だ。玉緒と秋穂は瓜二つの柔和な丸顔である。

一見、西洋人を彷彿とさせる面ざしの日真は、多少日焼けはしているが決して色黒ではない。

四人家族は、つつましい暮らしを営んでいる。日真は、月の半分は修行僧仲間と熊野の山々を跋渉《ばっしょう》し、岩場をよじ登り、滝に打たれて修行に励んでいる。歌を詠むことの好きな秋穂は毎日何やら書いている。

秋穂の誕生日から数日後の夕暮れ、日真は秋穂のかたわらに座っていた。日真は、漁や山岳修行から帰っても、決まって秋穂のところにまっすぐ行くのである。秋穂は秋穂で、日真の帰宅を喜んで迎え、その日の家の出来事や心に思いとどめたことなどを話す。日真は日真で山や海の出来事をぽつりぽつりと投げかける。いつでも楽しく何か語り合う二人なのだ。真魚と玉緒は、そのように親密な二人をほほえましく思い、あたたかく見守っている。

「秋穂、いい歌詠めたかね」

日真のいつもの決まり文句だ。

「最近は相聞歌ばっかり」

秋穂は恥ずかしそうに微笑みを浮かべ、うつむいていった。

「誰か好きな人でも出来たかね」

珍しいことに、日真はどこか探るような口調である。

「ええ、ずっと前から」

もじもじしながら秋穂はうつむいたままである。

「驚いたね。どこの誰だろう」

なぜか日真は、ほんとに珍しいことに、はっきりと探りを入れる口調になっている。

「内緒です」

秋穂は涙ぐんで日真を見上げた。

「分かった。何も聞かないよ」

日真がそういいながら秋穂の膝元に置かれた紙片を覗くと、流れるような書体でしたためられた和歌が眼に止まった。日真はその紙片を取り上げて朗唱した。

眺むれば錦の浦の漁火のゆれて寄り添ふ忘られずの灯
君を恋ふ日がな一日海眺め立ち木の下にいと嘆くかも
君が念ふ海の道をば巻き上げて消し滅ぼさむ龍巻となり

「なるほど。確かにこれは相聞歌だ。三首目の歌は強烈だよ。愛する人を思う余り、身命も理性も、何もかも投げ打った捨身の慟哭が聞こえるような歌だね」

「…………」

「すごい、ほんとにすごい。びっくりしたよ。秋穂がこんな歌も詠んでいるとは思いもしなかった。君が羨ましい限りだよ。誰だろう、君とは。ごめん、ごめん、何も聞かない約束だったね」

別人を思わせて雄弁になっている日真は、秋穂のかたわらに座ったまま顔向きだけ変えて真魚を見据えると、家族に大事な話があります、と切り出したが、思いも寄らない秋穂の強い言葉に制止されて口をつぐんだ。

「お父さんとお母さんには絶対にいわないで下さい。兄さんが何を考えているか、何もかも手に取るように分かっています。そのことだけは誰にもいわないと約束して下さい」

声を立てて泣き出した秋穂のかたわらを日真は立ち上がると、家を飛び出して近くの浜へ向かった。

頭の中が真っ白になっていた。浜明かりの向こうに暗黒の那智湾が広がり、遠く沖合から潮騒が聞こえていた。日真の心臓は今にも破裂しそうにドキンドキンとのどもとで踊り狂っている。

秋穂の並々ならぬ洞察力にはこれまでも何度か驚かされている。秋穂は、折にふれて日真の内心を見抜いてしまうのだ。

三年ほど前にはこんなことがあった。日真は、熊野の山中で年長の尼僧と知遇を得て何度か滝の前で落ち合い、時のたつのも忘れて語らった。胸をどきどきさせて白装束の美しい尼僧に逢うことは、楽しく喜びであった。ところが、とある日を境に、その尼僧の姿がぱったりと跡絶えてしまうと日真は暗鬱の日々を過ごすことになった。この時にも秋穂にやんわりと心の内を見抜かれたのである。

「そのお方とは、もう逢っていないのですか」

「何のこと」

こんな風に日真はとぼけて見せたが、うろたえて何一つ成す術を知らなかった。

このところ補陀落渡海を執拗に思い続ける日真は、今度という今度も内心を秋穂に見抜かれてはたと戸惑い、弁解一つ出来ない状態だった。

三

陽が射していても肌寒い夕暮れだった。そこはかとなく秋気のただよう頃から咳がひどく出るようになった秋穂のために、日真が南天の実を集め薬草も摘んで泊まりがけの山岳修行から帰って来るなり、無口で心優しい真魚が物凄い剣幕で怒り狂った。

「許さん。何がなんでも渡海するというのなら、このわしを殺してから行け。日真、死んでも許さんぞ」

真魚の憤怒は並みのものではなかった。玉緒も日真も呆然とした。夕飯の支度をしていた玉緒は、台所の隅で泣き崩れた。微熱と咳の続く秋穂は、寝込んでしまった。真魚は落ち着きを失い、荒々しく酒を呷ると毛布の中に潜り込んで翌日の昼過ぎになっても一向に起き上がる気配さえ見せなかった。

平穏な一家に突然吹き荒れた嵐は、何日も衝撃の余波を残した。日真は、来る日も来る日も一人滝に打たれ、岩場をよじ登り、古杉の生い茂る熊野の黴臭い山中をさまよい続けた。妙法山阿弥陀寺に参詣して空海上人にマントラを捧げ、はるかな大海原を眺めやっていると、脳裡にふっと思い浮かぶことがあった。

日真が風の吹き抜ける暗い山路を飛んで帰宅すると、真魚がふてくされた顔つきで酒を飲み、一点を睨んでおし黙っていた。

日真は早口でいった。

「父上、生涯に一度命をかけてみたいのです」

「駄目だ。死んでも許さん」

真魚の息は荒い。真魚のかたわらで、この頃痩せ衰えた玉緒が涙を拭いている。何かものいいたげな表情も見せてはいるが、涙を拭くだけで口を開かない。秋穂は、頭まですっぽりと毛布にくるまって微動だにしない。

気がつくといつか風も止んで静寂なあたたかい晩秋である。戸を開け放していても寒くはない。四方八方から虫の鳴き声が聞こえている。おだやかな浜の宮の砂浜に寄せるさざなみの調べが音楽のように聞こえている。

涙声の玉緒が日真を見つめていった。

「漁師としても働き者、修行僧としても人並みに立派ですよ。今のままで十分ではありませんか。何が不足ですか。何を求めるのですか。母には分かりません。どうか、渡海だけは、渡海だけは思いとどまって下さい。母から、一生一度のお願いです。渡海だけはいけません。思いとどまって下さい」

玉緒は涙を流したまま日真の彫りの深い横顔をじっと見つめる眼を離さない。

「父上、母上、どうか許して下さい。渡海ではありません。渡海行です。どうか許して下さい」

日真はひときわ高揚している。

「屁理屈をいうな。同じことだ。許さんぞ」

真魚は眼を赤くして日真を睨みつけた。

玉緒は泣くだけだった。


日真は、修行僧仲間にも内密に、毎日のように妙法山阿弥陀寺に登って空海上人にマントラを捧げ、浜の宮の補陀洛山寺《ふだらくせんじ》に参詣して先達の渡海上人の霊前に念仏を唱えていた。そうしていると、渡海への一念は日に日に高まり、今にも夢が現実のものになって来るように思われる。日々あらたな心境なのだ。

真魚は、海ばかり眺めた。船を睨みつけては火をつけてやろうかと思った。憑かれたように砂浜をひたすら歩いた。玉緒は、家事をしていても沈みがちとなり、生来の明るさを失った。秋穂は、蒼白い顔になって食欲不振を訴え、魚の生臭い匂いを嗅ぐと吐気を催し、日真を烈しく拒絶して歌も詠まなくなった。

四

木枯らしが吹き始めた十一月中旬の昼下がり、日真が南天の実を集め薬草も摘んであたり一面に熊野の陰鬱な黴の匂いのただよう小広場にやって来て黙々と座り込んでいると、どこからともなく女の泣くような虫の鳴き声が聞こえて来た。日真は咄嗟に、それはアカムシの鳴き声ではないかと思った。首筋あたりが寒くなり、鳥肌が立ち、尼僧の面影がしのばれた。

「虫が鳴いていますね、悲しげに」

と、日真がさりげなくいうと、

「あっ、あれね。アカムシがたまに鳴くのよ」

と、しぶく滝を眺めながら尼僧はしゃがれ声でいった。

「アカムシが鳴くのですか」

怪訝そうに日真が聞いた。

「そう、たまにすすり泣くようにね」

尼僧の細い眼がきらっと光った。

尼僧は逢うたびに声のかすれがひどくなっていた。

そういえば、アカムシは、子供を産まないで死んだ女の化身で、好んで若い男の血を吸うともかすれ声でいっていた。アカムシは、首筋や足元から、影のようにすっと忍び入ってべったりと付着し、血を吸い上げるという。はたと気づいて蒼褪め、力づくで毟り取ろうとしても、そのアカムシは、びくりともしないで血を吸い続けるとも笑顔で話していた。


日真が小広場に何時間も座り続けていると、修行僧仲間がどこからともなく一人また一人とやって来た。

小柄で足の速い一海が口もとを一の字状にきりっと結び、草むらから踊り出て、一気に駆けて来た。ところかまわず人前も問わず溢れ出る感性をつぶやき始める男である。日真のことが気がかりで何の修行にもならなかったといった。続いて、昇龍が挨拶をかわすような低い物腰でやって来た。しらふの時は人一倍善良なのだが、酒が一滴でも口に入るとがらりと豹変して荒れる男である。相手にしないでいると、そのうちに悲哀にみちた相貌になって沈み込んでしまう。三人目にあらわれた道秋は、ぼうぼうと延び放題の顎髭を撫でながら巨杉の陰からのんびりと歩いて来た。堂々とした体格の人格者である。続いて、岩石のような奇龍が苦塩をなめたような面構えでやって来た。遊行中の貧しい尼僧の春を買ったこともある男だ。風のように自由奔放な彼の居所を仲間の誰一人として知らない。五人目に、絶えず笑みを浮かべた日正が飛びはねるような恰好であらわれた。絶食して難行苦行にいどむ修験者である。続いて、幼馴染の明正が咳払いをしてあらわれた。最後に、大様な武海が歌を唄いながらやって来た。

「日真の渡海の決意は石のように固いようだから、この俺が引き止めても無駄だろうが、一つだけ聞かせてくれないか。渡海の目的は何だ。身体の弱い妹を助けることか」

いきなり、飾り気のない武海が切り出した。何事に対しても本心からものをいい、裏表のない人間である。

日真は黙りこくって口を開かない。日頃から口数が少ないのだ。このところ目立って寡黙になってしまった。

「生存することを願うよ」

明正がぼそぼそといった。

「はっきりいって補陀落渡海は自殺行為だよ。日真、この悪習を始めた人はどこの誰だ」

生一本の一海が興奮気味に早口でいった。

「補陀洛山寺住職の慶龍という上人です」

日真が口を開いた。

史実上の補陀落渡海の創始者は補陀洛山寺の慶龍上人で貞観十（西暦八六八）年十一月三日、那智浜の宮から船出した。それから五十一年後の延喜十九（西暦九一九）年二月、奥州出身の祐真上人が同行十三人を伴って渡海した。同行の始まりである。

天承元（西暦一一三一）年十一月に高厳上人が渡海した。

「近来の最も新しい渡海上人は誰だ」

武海が突っ込んで聞いて来た。

「確かなことでは、智定坊という人が浜の宮から渡海しました。今から四十数年前のことです。智定坊の後、琉球に漂着したと伝えられる禅鑑の噂もあるにはあるが、この浜の宮から渡海したかどうか、そのことについてはよく分かりません。他にも渡海の噂はいくつかあるようだが、はっきりしているのは智定坊一人です」

日真は口ごもりながら答えた。

智定坊は、俗名を下河辺行秀といい、鎌倉幕府の将軍源頼朝の家臣の一人で、特に弓の名手として知られていた。ある時、下野国野須における鹿狩りの折り、頼朝が大鹿の射殺を行秀に命じた。ところが、行秀は、公衆の面前で失敗に終わり、その場で剃髪したといわれている。いさぎよく出家した行秀は、諸国巡礼の旅をたどり、熊野山中において日夜法華経を読誦し、天福元（西暦一二三三）年、補陀落渡海を決行した。渡海船は窓一つない屋形船だった。屋形は外から釘づけにされ、外界の状況は何一つ分からない。屋形内には燈明がとぼされ、三十日分の食糧と飲料水と油などが用意された。

「はっきりいって日真の渡海願望は孤児の自暴自棄によるものではないのか。俺だって天涯孤独の身だから、その気持ちが分からないわけではないよ。世の中がいやになり、何度も死にたくなったことがあった。日真、人生は風に吹かれるまま、足の向くままだ。俺は止めないよ。遅かれ早かれ、われわれは死ななければならない生き物だ。まあ、勝手に行ってくれ」

冗談もまじえた昇龍の放談に、笑いも起こったが、日真は、無表情のまま昇龍のにやけた面を睨みつけた。昇龍はいたって明るく振る舞っているように見えるが、日真に対する言葉のはしはしに、悪意のふくみがあるように感じ取れる。昇龍は秋穂に求愛したことがあったが、そっけなくふられ、それ以来、日真に対して烈しい違和感を持つようになっている。

厳しい表情の明正が昇龍を一瞥していった。

「孤児というなよ、昇龍、日真の渡海はね、いいか、決して自暴自棄によるものではないよ。武海のいう通り妹の秋穂さんの健康祈願は強いだろう。しかし、それだけではないと思う。みんなもよく周知の通りだが、蒙古の襲来以来、われわれの心の底には得体の知れない黒い影が忍び込んでいるんだ。思い出すたびに不安の影がよぎる。世の中は安泰ではないよ。日真の渡海目的の一つに衆生救済があるだろう。日真は自暴自棄で渡海を決意したのではないぞ。昇龍、言葉には気をつけて欲しいな」

「そうだ、そうだ。その通りだよ、昇龍。よく考えてからものはいってくれ。あんたは決して悪い人ではないが、ここしばらく、日真に対しておかしい。なんとかならないかね」

もぞもぞしていた一海が身を乗り出すような恰好でいうと、しばらく沈黙が流れた。昇龍は身体を丸め、身動き一つしないでうつむいている。実際は気弱で孤独な男なのだ。

どこかでたびたび鳴き沈む虫の声がなんともかなしく聞こえる。一人の痩せこけた遊行僧が巨杉の陰をよたよたと通った。その後から、若い尼僧が二人、ぶつぶついいながら通って行った。

「そうすると、はっきりしているのは、浜の宮からの渡海は、智定坊の後、日真ということになりますかな」

温厚な道秋が話題を切り替えて顎髭を撫で撫でいった。

「この浜の宮からは、恐らくそうだろうが、いいかね、そんなことは問題ではないよ。日真は、さっさと渡海すればいいんだ。そうすることが日真のためではないのか」

横柄な態度の奇龍がかたわらの昇龍を見定めてから、いらいらしながら言い放ったが、周囲の空気はしらけた。

「智定坊の後、確かに禅鑑の噂はありますが、浜の宮から渡海したかどうか、よく分かりません。土佐の室戸からは、五十四歳の実勝という上人が渡海していますよ」

諸国巡礼の経験を持つ日正がいった。

五

修行僧仲間の寄り合いは小一時間で切り上げられ、一海を先頭にして、鬱蒼たる熊野山中の黴臭い坂路を一列になって駆け下りた。道すがら、遊行僧が何人も出逢い、狭い山路を譲ってくれた。山中に、感謝の声が八回轟いたが、昇龍の声が一番高らかに響いた。

渡海の願望はいよいよ熟している。いつなんどきでも、いさぎよく、小さな帆掛け船にまたがって補陀落の海へ乗り出してゆけるのだ、と日真は思う。しかし、その前に、なぜか尼僧に逢いたいと無性に思われて仕方がない。特別に逢わなければならない用向きがあるというわけではないが、渡海前にせめて一度でいいから逢っておきたい、と思えてならないのである。ただそれだけの理由で、日真は、黴臭い山中をあてどもなく歩き回っている。そわそわして、尼僧と逢瀬を重ねた大滝前にも何度か立ち寄り、待っても待っても一向にあらわれない白装束姿を思い描いている。そのあたりの物陰からしなやかで優美な姿をあらわして慈悲溢れる微笑を浮かべ、おっとりとした口調で話しかけて来るのではないかと胸をどきどきさせている。

それはそうとしても、じつは、日真は尼僧の名前も居所も皆目分からないのである。どこに住んでいるのか、家族はあるのか、日真は、その境遇について何一つとして知らないのだ。なんでも、山中の小庵に侘び住まいの別嬪の尼僧がいるらしい、という風聞を聞くともなく聞いたことはあったが、意中の尼僧のことかどうかは判然としない。しかし、ひょっとしたらという願いのようなものがないわけでもなかったから、日真は、修行僧仲間や熊野山中をてくてくと歩く遊行僧にもそれとなく聞いて見てはいたが、顎に黒子のある尼僧のことなど誰も知らなかった。

山中をほっつき回っていると、秋穂の蒼白い顔がやけに脳裡をかすめた。このわが身の影のようにどこまでもつきまとって離れないのである。日真は、家を出る時、そわそわして落ち着きがなかった。

人一倍鋭敏な秋穂が気づかないわけはない。眉を顰めた泣き顔が彼女の内面の何もかもを物語っていた。そんな秋穂を振り切って、日真は、家を飛び出して来たのである。

晩秋の陽がぱたりと落ち込むと山中は一層冷え冷えとし、どことなく侘びしささえ感じられた。方々に虫が鳴き騒ぎ、動物の低い鳴き声が聞こえ、一陣の冷風も走った。ふと物音に気づくと薄暗い山路を飛ぶように降りて来る大男が一人あった。白髪交じりの長髪を風になびかせ、古びた墨染めの衣をひるがえして足軽くやって来たのである。

「お急ぎのところをまことに恐れ入ります」

日真は、うやうやしく合掌し、いかにも丁重に一礼した。僧は四十歳位でごつい四角な顔である。無精髭を生やし、骨太の大男なのだ。その背丈は長身の日真をはるかに越えている。

「はあ。何かご用かな」

重厚などすのきいた声であった。

「顎に黒子のある尼僧を探しているのですが、歳の頃は、三十二、三。心当たりはありませんか」

厳石のような遊行僧を日真は見上げていった。

「あっ、顎に黒子があるならば、盲目の無相尼のことだな。一年ほど前に、一度だけお目にかかったことがございますよ。その時無相尼は、声がひどくかすれ、のどが腫れておりました。詳しいことは知らぬが、世間の噂では熊野川の近くに庵を結んでいるらしい。これ以上のことは、何も知らぬ。現在存命かどうか。これでよろしいかな。無相尼は盲目であって盲目ではない。では失敬」

遊行僧は飛ぶように立ち去って薄闇に消えた。日真は、その後姿に、再度合掌し一礼した。まるで森の主のような僧だと日真は思った。それにしても、細い眼の尼僧が盲目だとは知らなかった。日真は、今更のようにわが未熟さを恥じると同時に情けなく思った。

無相か、なるほど、最上の名だ、と日真は内なる声を発した。

日真は、幸運にも淡い月光の燈明を得て、熊野川に向かって急いだ。途中、巨木の陰にごろっと横たわってわずかな仮眠を取り、夜を徹して歩いた。夜がしらじらと明けても小休憩を何度か取りながらせっせと歩き続け、行き交う人に無相尼の消息を尋ね、庵の存在を問い、熊野川沿いのけものみちを溯上した。晩秋とは思えない生暖かさが嬉しかった。

そしていつか、宵の口を迎え、疲労困憊の果てに川辺近くに燈明のとぼった掘立て小屋を発見した。見るからにみすぼらしい小庵であった。靄の向こうの庵内には念珠を一心にまさぐる尼僧が一人映し出されていた。その姿は、三日三晩探し続けた尼僧、無相尼に間違いない、と思った。胸がどきどきし、やっと逢えると思った。

日真は体力も気力も使いはたした。のどもからからに乾き切っていた。ひょろひょろとあやうい足取りで庵に近づきつつ倒れた。

「日真！」

甘ったるい女の声であった。はたと気がついて眼を開けてみると、眼の細い無相尼が微笑を浮かべて立っていた。朱色の唇がなんともなまめかしく濡れ、顎には確かに黒子もついている。安堵感を覚えていると、無相尼がいきなり白装束を手早く脱ぎ落として両手を差し出した。

「日真、おいで」

眼前の手の届く距離に、熟れた女の赤裸々な白い肢体があった。日真は、放心状態となり、吸い寄せられるように無相尼の裸体にむしゃぶりついた。

「もっと強く抱いて、日真」

「はい」

日真と無相尼は、からまり、汗だくになって抱き合った。手慣れた無相尼に導かれるままに、柔らかなまるい乳房をさすり、硬直して、女の体内に入るとしびれるような快感が全身を隈無く走り抜けた。無相尼は裸体を投げ出して淫声を吐いた。

ぬけめなく、一匹の白蛇が無相尼の淫声を聞いてあらわれ、蒼白い光のなかにくねって烈しく怒り狂った。秋穂の面貌を持った白蛇であった。赤い眼をして猛り狂った白蛇は、見る見るうちに凝り固まった怨念のオロチとなり、無相尼にかぶりついて巻きつくとそのまま消えた。

夢見心地に、千里の果てまでも万里の果てまでも透き通って静寂な世界が広がっていた。はるかな遠くから、風がささやき、魚が飛びはねる水音もかすかに聞こえた。

日真は川端の草むらで目覚めた。

対岸の向こうから、朝日が昇り、眼前に楚々と立つ墓標を照らしていた。

憔悴し切って帰宅した日真に対する秋穂のかいがいしい世話の焼き方は、真魚と玉緒の眼を引いた。秋穂は、日真の食事を用意し行水用の湯も沸かし、泥にまみれた墨染めの衣まで洗濯した。

「身体は大事にしてね。日真一人のものではありませんから」

このところ風邪一つ引かない丈夫な秋穂が、ぐったりとして横たわった日真のかたわらに座っていった。秋穂は驚くばかりに気丈夫になっている。この頃は、言動も活気づき、和歌も盛んに詠んで見違えった秋穂だ。日真は誰にも口をきかずに早々と寝入ってしまった。

「秋穂も早目に休んだらどうですか。昨夜もほとんど寝ていないでしょう。身体のことも考えて」

玉緒が秋穂の腹部を一瞥してからいった。

「そうします」

秋穂は率直に明るくいったが、怪訝そうな顔つきになって玉緒に視線を投げた。

虫が鳴き、海鳴りが聞こえていた。

六

日真の彫りの深い顔に、すっきりとした表情があらわれ、明らかにあらたな精悍さがみなぎるようになった。一つ一つの挙動にもはっきりときびきびしたものがある。日真はそのことを十分自覚し納得しているのだ。日々熱く高まるおのれ自身がよく読み取れるのである。縛られていたものからふっ切れたかのように、日真は、せいせいした表情さえ見せて、好機到来とあらばただいまからすぐにでも渡海決行に走りかねない状況である。

日真は、季節風の来襲を予兆するような星のまたたく夜空を仰ぎ、浜の宮のさざ波の寄せる浜辺で、両親と妹宛の手紙を明正に託した。明正は、しぶしぶ受け取りながら、分かった、といったが、哀切の余韻を残した。

「父上、母上、渡海行の実現を決意しました。父上と母上の反対を押し切ったわがままを、どうか許して下さい、尊敬している父上と母上に対して、生意気にも逆らった言動を取らざるを得なくなった非礼を心よりお詫びします。

どうしても一度命をかけてみたかったのです。一生一度のわがままと思って見逃して下さることをお願いします。

父上、母上、長い間、ほんとにお世話になってありがとうございました。お陰様で、気心の分かち合える友達も得て、毎日を楽しく有意義に過ごさせていただきました。何もかも父上と母上のお陰です。ほんとに、ほんとに、ありがとうございました。

いつまでも、すこやかにお過ごし下さい。心より祈っております。

父上様、母上様、さようなら。日真より」

「秋穂！　秋穂がしあわせになることを一心に祈ります。命をかけて祈り続けます。秋穂、さようなら。日真より」

七

渡海決行の日は西の季節風が那智湾の沖へ向かって猛烈に吹き流れていた。日真が夕闇深い岸辺に突っ立って彼方に広がる補陀落の海を眺めやっていると、砂浜を踏みしだいて明正があらわれ、いよいよだね、といいながら、飲料水や糒《ほしい》などの食糧を、ぐらぐらと揺れる船に放り込んだ。

毎日のように出漁していた漁船が、まもなく、補陀落浄土をたどる渡海船に一変するのだ。渡海の日程や船のことを真魚には黙っていたが、何もかも知っているだろう。

明正と日真は、黙々と立ち並んで船を見つめ、那智湾の向こうにさむざむと広がる暗黒の補陀落の海を眺めやっていた。

「無人島でもいいから漂着することを願うよ。これは、神聖なる漁船だ。間違ってもモガリ船にはさせない。そのように祈っているよ」

夕闇を切り裂いて明正がいった。ぼそぼそとした声は、心なしか震えている。

「ありがとう。友情を忘れない」

日真の声に震えはない。

「からだには、十分気をつけてくれ」

涙声の明正の横顔を日真はちらっと見た。

「秋穂のことを頼むよ」

日真は、のどもとに固くつかえていた塊を吐き出すようにいったが、そうすることで、何もかもが払拭されたわけではなかった。むしろ逆に、親友の明正にも打ち明けられない苦悶が鋭利な錐となって深く内攻した。

「秋穂さんは、日真のことしか考えていないよ。秋穂さんにとって、日真は絶対的な存在だ。最悪の事態を考えたくはないが、その場合、秋穂さんは出家の道を選ぶかも知れない。それ位のことは誰よりも日真がよく分かっていることだ」

力強い口調の明正だった。日真はうろたえあわてた。

そのうちに、修行僧仲間が一人また一人とあらわれたが、誰一人として口をきかない。あの大様な武海さえ口をかたく閉ざして船を睨みつけている。最後にあらわれた昇龍と奇龍が、さっさと船に帆柱を立て、手早く帆も上げた。日真は冷静にその様子を見ていたが、ナムアミダブツ、ナムアミダブツ、ナムアミダブツ、と念仏を唱えながら船の真ん中あたりにひょいと乗り込むと、船首に向かって半跏趺坐を組み、念珠をまさぐった。そうすると、いかにも待ちかねていたかのように、酒臭い昇龍と奇龍の二人が日真の蒼白い頭の上から屋形をかぶせ、釘をやけにがんがんと打ち鳴らした。

屋形内は一寸先見えないまっくら闇だ。みずからを燈明としたいとの日真の希望で、燈明は用意されなかったのである。

誰からともなく法華経が読誦され、念仏が高らかに唱えられ、マントラ念誦が起こった。渡海船は、季節風を白帆いっぱいはらみ、ぐらぐらと揺れて動き出した。その際昇龍が、荒々しい手つきで船首を荒海に向けながら陰になった右舷側の海中に飲料水や食糧などを音もなく落とした。

「日真を殺すつもりか」

仁王立ちしていた道秋のものすごい怒号が闇に轟いた。めったに大声を張り上げない道秋の言動に、事の成り行きを敏速に見極めた一海と武海が昇龍に殴りかかったが、どこかすばしこい人影は、二人の間をすり抜けて闇に消えた。その後を追うように、奇龍もあわてて一目散に逃げ去った。

「息苦しくなったら、前の壁に体当たりしろ」

日正が渡海船に向かって声を投げた。

日真一人を屋形内に閉じ込めた渡海船は、いよいよ、補陀落浄土をめざして、帆走して行った。

あっけない船出だ、と日真は、闇の中に眼をぱちくりさせ、ついに、渡海が実現したと思った。

渡海船は烈風を受けて沖へ沖へと進んだ。

闇一色の那智湾を切り裂き、暗黒の熊野の海へ向かって突き進んでいる。もはや何人にもこの渡海船の帆走を止めることは不可能となった。

渡海船は、なにもかも振り捨てるかのように、ひたすら、突き進んでいる。

日真は、われを忘れて、念仏を唱え、ノウボウアキヤシヤギヤラバヤオンアリキヤマリボリソワカ、とマントラ念誦を続けた。

やがて渡海船は湾口にさしかかり、ひときわ荒い激浪に翻弄された。日真にとっては、日頃から、エビやアワビやサザエなどを採る漁場として慣れ親しんで来た海域なので、たとえ目隠しされていても船の揺れ一つで状況把握が出来るのだ。

渡海船は暗黒の海原へ向かって突き進んでいる。

すでに何人にも止められなくなった。

八

小さな帆掛け船は、南無阿弥陀仏の六字名号の染め抜かれた白帆に烈風をはらんで補陀落浄土をめざしている。屋形の中には白装束の若い僧が超然として半跏趺坐を組み、闇の中に眼を閉じ、念珠を揉み込んで一心不乱にマントラを念誦している。

じつにけなげな小さな帆掛け船は、白波をかぶって散らばる岩石にはぶつからずに、波を切り、まっすぐ突き進んでいる。運悪く岩石にぶつかれば、小船はまたたくまに転覆し、屋形内の人は補陀落の海に果つるのだ。

小さな帆掛け船は、烈しい追風をもろに受けて、あわただしく疾走している。疾走しているというよりは、どこまでも突進しているといったほうが適切かもしてない。海流の烈しい湾口にさしかかって逆巻く荒波に扁平な船底を打ちたたかれ、猛烈にぐらぐらと揺れながら突進し続けている。この海域で三角波を食らうものなら、ひとたまりもなく転覆するだろう。そうなったら、若い僧は、冷たい補陀落の海へ放り出されて間違いなく入水往生なのだ。若い僧にとっても、はやばやと入水往生した湾口海域が補陀落浄土ということになる。かつて、先達の上人が乗り込んだ渡海船の中には、この湾口に散らばった岩石や岩島にぶつかって転覆したものもあったようだから、その上人にとっては、入水往生した湾口海域が補陀落浄土となったわけである。

小さな帆掛け船は、幸運にも転覆をまぬかれてどんどん突き進み、熊野の海へ踊り出て暗黒の大海原へ向かっている。難所の湾口海域を抜け出ても常時海難につきまとわれながらの渡海ではあるが、さしあたって、ひとまず安心していいのかもしれない。後は、黒潮を横切り、大海原のどまん中へ向かってそのまま帆走し続けることだ。

補陀落の海風がひときわ烈しく吹きまくっている。

那智浜の宮に吹き流れる風もひときわ冷たい。

半狂乱の秋穂が砂浜に座り込んでよよと泣き崩れていた。秋穂のかたわらで、玉緒も泣き伏していた。真魚は、腕組みして暗黒の海の方角を睨みつけ、微動だにしない。少し離れたところに、二人の僧が駆けつけて、念仏を唱え、マントラを念誦していた。

行方知れない大海原の一人旅は続いている。

小さな帆掛け船は、猛烈に吹きまくる追風に追い立てられて、どこまでもひた走りに走っている。屋形の左右の空気孔から吹き入る寒風が肌身に染みる。何時間も念仏を唱え、マントラ念誦に没入していたが、疲労困憊の果てにころっと倒れて縮こまった。

九

激浪に翻弄されて何時間も死んだように眠りこけていた。夢見心地に糞尿を垂れ流したから、その異臭が屋形内に充満している。疲れ果てたらその場に倒れ、睡魔に襲われたら打ちのめされて死んだように寝込んでしまうだけだ。

小さな帆掛け船は、どこまでも帆走し続けている。

強い西の季節風に乗れば一昼夜で黒潮を横切って八丈島の海域まで到達するという話を、真魚から聞いたことがあった。そうだとすれば、すでに、八丈島を通過しているかも知れない。波頭が烈しい音を立てて船底を打ちたたいている。ひどい寒気が身体の芯まで染み込んでいる。

やおら半跏趺坐を組んでいた。

小さな帆掛け船は烈しいピッチングとローリングに翻弄されてまるで木の葉である。内蔵までぐらぐらするようなひどい揺れには肝を抜き取られる思いだ。胸のあたりがやけにむかむかして険悪な気分だ。荒波にもみくちゃに揉まれて船酔いをしたらしい。初めての経験だ。腹の底もごろごろして不快感がつのっている。うつむいて吐き出していると水のような糞も流れた。

小さな帆掛け船は、船底を波頭に強打されてぐらつきながらも転覆しないで帆走し続けている。いずこに向かっているのか、皆目見当もつかない。何もかもあきらめて茫惚としている時、いきなり大波を受け、前方に頭部から突っ込んだらぽっかりと屋形の壁が抜け落ち、眼前に暗黒の大海原がひらけた。どこからか日正の声が聞こえて来るような気がして、修行僧仲間が懐かしく思われた。ころっと倒れて縮こまっていると、夢見心地に寒気が体内深く染み込んだ。

千切れんばかりに白帆がはためき、おののき震えている。

何時間も眠りこけていた。いや、何日も死んだような深い眠りに陥っていたのだ。驚いたことに、大時化は嘘のように静まりかえっている。全身にいくらか不快感がはりめぐってはいるが、生き返った心地で起き上がってみると、右舷側から真っ赤な夕陽が照らしていた。それに風向きも変わり、小さな帆掛け船は、おだやかな大海原を静かに帆走している。

腹這いながら屋形を抜け出て立ち上がったら、ぐらぐらして倒れそうになった。大海原はおだやかに脈打ち、真っ赤な夕陽が水平線に沈みかけている。見はるかす限り夕照に映える大海原は、なんとも壮麗そのものである。

十

わが本船はすでに南下の方角をたどっているようだ。

じつにおだやかな海はおおきくたゆたうている。家郷の那智浜の宮を船出した時の海は荒れ狂っていた。この一葉の箱船はもてあそばれ、今にも転覆しかねない状況だった。その海が嘘のように静かである。どこまでもおだやかに広々とたゆたう大海原の眺めに、何もかも忘れた。

しばらく立ちはだかって西空を眺めやっていると、どこからともなく船首と船尾がそり返って威圧的な大型帆船の船影があらわれて水平線に浮かんだ。それは、那智山の頂上から見たことのある船影であった。恐らく、蒙古の兵船に間違いなかったが、動揺することもなければ恐怖におののくこともなかった。大海原をぐるぐると見回していると、かげろうのようにゆらめく船影はかき消えた。

ふと気づくと淦の溜まった船底に、鮫釣り用の縄がただよっていた。真魚は、外見的には大様な性格でありながら繊細な神経も兼ね備えているので船内に置き忘れることはない。何か意図したことでもあったのだろうか。鮫でも釣り上げて食えという親心ではないだろう。しばらく見入っていたが何一つ思いつくことはなかった。

茫惚として時を過ごしてから船底に溜まった冷たい淦で尻や陰部を洗った。それから、衣の裾や汚れた部分を洗い、両手でせっせと淦を掬って船外へ投げ捨て、海に手を突っ込んだら骨の髄まで突き刺す冷たいものが染み込んだ。

屋形の外に出て、思いがけなくも心安らかな気持ちになった。屋形の左右の壁に、荘厳なる白蓮がいきいきと息づいていたのである。豊かな絵心のある日正が精魂込めて描いたに違いない。


小さな帆掛け船はおだやかな大海原を帆走し続けている。

日没後しばらくして月が昇った。寒くはないが丸くなって縮こまっていると淡い月光が射した。再び屋形を出てみた。小さな帆掛け船は、月夜の海を切り裂いてどこまでも滑るように帆走している。左舷側の東空に、どこかかなしげな半月がかかっていた。

こんな月の夜になるとなぜか感慨に耽け入ってしまう。修行僧仲間の、一海、昇龍、道秋、奇龍、日正、明正、武海の面々が始終懐かしく思い出された。明正に託した両親宛の手紙と秋穂宛の手紙のことも想起され、秋穂の透けたような白い顔を思い浮かべていると胸の芯まで痛んでしまう。

子供の頃、夕暮れになると毎日のように秋穂の手を引いて浜へ出て遊んだ。さざなみと戯れ、貝殻を拾い、砂遊びをしながら、漁から戻って来る真魚を待った。二人で外へ出る時はどこへ行くにも秋穂の手を引いていた。浜でも秋穂が一人離れて遊ぶということはほとんどなく、手を引かれていなければ衣服をつかんでどんな時でもくっついて離れなかった。家にいる時二人は肩を寄せ合って語らい、日頃の寝起きまで一緒の兄と妹であった。

風向きと風速は一定ではなくさまざまに変化しているようだ。気がつくと風が吹き、大海原一面に白波が騒いでいる。空を見上げていると海鳥が風に乗って飛んでいた。

小さな帆掛け船は、風波に乗ってじぐざぐ帆走もしながら、南下し続けている。荒波に揉まれて歪んだ舵を直進方向になおし、しばらく船尾に立っていた。

十一

行方知れない大海原の一人旅は続いている。

雑多な想念が脈絡もなく次から次に浮かんでは消え、また浮かんでは消えて、いつ果つるともなく脳裡をよぎる。人間の脳というものは摩訶不思議な器官だと思う。真魚が、振り酒を、まろやかでうまい、と飲みながら得々と語ったことがあった。飲酒の時でも、自己を失わずに背筋をぴんと伸ばした真魚は、じつに朗々とした男である。

「日真という、このじつにゆかしい名前は、もちろん、このわしが命名したが、わしの親父、日真からすれば、祖父にあたる日生の日と、このわしの真魚の真から成っておる。いいかね、日真、それで、日生の日は大日如来の日だ。真魚とは、空海の幼名だね。親父は、空海の大の信奉者だったことから、一人息子のこのわしの命名にあたっては、何一つ思い悩むことなく、空海の幼名を、そのままそっくりもらったらしい。いいかね、日真もそのことを、宮本家の子孫に伝えて欲しい。ああ、先祖には中国人もいたらしい。このわしも、親父の日生から、こんこんといわれたもんだ。親父も一介の海人だったよ。生一本の気骨のある男で、智恵者でもあれば、村一番の酒飲みでもあった。振り酒を発見した人物でもあるんだ。酒を器に入れて、振動させたり、振ったりすると、酒の味がひと味もふた味も、まろやかな味になって、うまくなるというわけだが、酒飲みの親父は、沖に出る時も酒を持っていたから、そのうちに、船の揺れで、酒の味がまろやかな味になることに気づいたらしい。親父が嬉しそうに話していたよ。振り酒のことは、しばらく、宮本家の秘伝だったが、いいことは世間に広めよう、ということになってね。それで、海人仲間に話したところ、あっという間に、村中に広がったわけだ。ところが、日真、振り酒が、なぜ、まろやかな味になるのか、その謎は発見者の日生も解明していない。このわしにも、まったく分からんね。日真が解明してくれるとありがたい。ひょっとすると空海や宇宙を探究すれば、何か分かることがあるかも知れん。どうかね、日真」

こうして日真は、真魚から、日真という名前の由来、真魚という名前の由来、親父の日生のこと、振り酒のこと、空海についても聞かされた。真魚は、日生を見習って空海の大の信奉者となり、日真は、真魚に強く感化されて空海の探究者となったが、日生、真魚の二人と違うところは、ただ一人空海にのみこだわらないで、他の上人や聖人にもあついまなざしを向けて来たということである。他の上人や聖人も方法論が異なるだけで探究している真理は共通して一つである、と考えたからである。

他の七人の修行僧の信奉する上人や聖人も空海だったり一遍だったり日蓮だったりして、たまに主義主張が異なるために議論が沸騰しても、お互いに一人一人の美点や信仰心を認識し合ってどこか馬の合う仲間なので、すぐさま仲直りするのである。こうして、修行僧仲間は、数年前から交流を深め助け合って来た。

空海は、青年時代に室戸岬の洞窟で命がけの本格的な虚空蔵求聞持法の秘法実修によって開眼したといわれるが、日真は、この渡海行に若い命をかけた。男なら生涯に一度は捨聖になるのだ、という信念を貫き通してみたいと思ったからである。一遍にもあついまなざしを向けて稀有の捨聖の精神を学ぶのはそのためなのだ。法華経の行者日蓮にもあついまなざしを向けるのは、この聖人の聖行と予言能力を尊ぶからである。

日真は、大海原のど真ん中で虚空蔵求聞持法を実践し続けている。

虚空蔵菩薩のマントラ「ノウボウアキヤシヤギヤラバヤオンアリキヤマリボリソワカ」を百日間にわたって百万回（一日一万回）誦唱する本格的な秘法実修にはなっていないが、まがりなりにも一日一万回は唱える精進をこころがけている。「ノウボウアキヤシヤギヤラバヤオンアリキヤマリボリソワカ」とは、虚空蔵菩薩を崇めて帰依し、豊かな蓮華の如く無垢の光明に成就あれ、というものである。マントラを誦唱して、胎蔵界曼荼羅虚空蔵院の主尊・虚空蔵菩薩に帰依するならば、感性高まり、頭脳明晰となり、つきることのない智恵と福徳がさずけられ、ついには宇宙生命体系との合一がかなえられるというのである。

日真が折りにふれて夢にまで見る虚空蔵菩薩は、おだやかな丸顔の豊満な形象の女人像である。女性原理の虚空蔵菩薩は、母胎そのものであり、命そのものであろう。そうであれば、虚空蔵菩薩への帰依は、命そのものへの回帰、宇宙生命体系との合一ということになるわけである。その実現のためにはやはりマントラ誦唱以外にない、と日真は信じて疑わないが、先達の渡海上人に対しても常日頃絶大なる敬意を表し、その捨て身の行と魂に合掌し念仏を唱えるのである。

ナムアミダブツ　ナムアミダブツ　ナムアミダブツ…
(南無阿弥陀佛＝無量寿の覚者に帰依し奉る)

日真は、半跏趺坐を組んで、マントラを念誦し、念仏も唱えた。疲れ果てると、念仏を唱えるわけでもなく、マントラを念誦するわけでもなく、念珠をまさぐるわけでもなく、ただ茫惚として悠久の時を過ごした。

屋形内の排泄物が鼻をついてはいたが、気にならなくなった。屋形の前壁が抜け落ちた後の糞は、屋形の外の船底に溜まった淦の中に流してから両手で掬い取って船外へ投げ捨てた。小便は屋形前からちょろちょろと落とした。

糞尿の量に一抹の寂寥が感じられた。排泄物が日に日に減少しているのである。飲まず食わずの渡海が強いられて予想もつかない過酷なものとなったが、焦燥感も恐怖心もなくなり、性や食や群の煩悩に振りまわされることもなくなった。

突然、なにものかが船腹をたたいた。その音でわれを取り戻し、やおら屋形を出ると左舷側に魚群が走っていた。ほほえましいイルカの集団である。無性に声もかけたくなるイルカ達は、どこまでも横並びになって走り、飛び上がり、ほぼ均等の速力で走り、いかにもわが本船と競い合っている風情だ。全く予想だにしなかった出逢いである。豊饒の海からの贈り物にしばしわれを忘れて華やかな気分になった。大海原に一人笑い、何気なく空を見上げると、夜空の星が麗しくまたたいている。

一瞬、ぞくっとした。複雑な心境で何度も空を仰ぎ見て一喜一憂した。

十二

小さな帆掛け船はいっときも休まずに帆走し続け、渡海に命をかける主人が死んだように眠りこけていても安全に運んでいる。じつにけなげな一葉の箱船だ。頭を撫でて褒めてやりたい。

今朝はいつもより爽快な気分で早起きした。楽しい夢も見たが、頭を捻って思いだそうとしても、そのひとかけらも思い浮かばない。明るい外光に誘われて屋形をそそくさと抜け出てみると、大海原の東空に燦然と輝く太陽が昇っていた。早速、崇高なる太陽に向かって念珠をまさぐり、マントラ念誦を繰り返した。それから冷たい海水を顔面にかけると気魄が凛とした。

まんまんたる大海原は見はるかす限りおだやかにうねり、壮大なる世界がひらけている。確かに、地球の丸いことがはっきりと納得出来る。われわれの地球は、まさしく杳かなる宇内に浮かぶ碧い星だ。それにしても水平線は不思議な存在である。

水平線を見つめ、見つめ、あるがままに見続けた。
やはり空はどこまでいっても空に過ぎない。
やはり海はどこまでいっても海に過ぎない。
全く違う世界が水平線の中で一つに溶け合っている。
すべての矛盾が融和して一つになっている。

昨夜の星のまたたきは何であったか、といささか疑念を挟みながら屋形の外にあぐらをかいてマントラ念誦に没入し、ついつい疲れ果ててころっと倒れ、悠久の太陽光を浴びて横たわっていた。
久し振りに、身も心も芯からあたたまった居眠りから醒めてしばらく立ちはだかっていると、右舷側の西空がにわかに曇り始めた。気がつくと、暗雲がどこからともなくどんどん湧き溢れ、またたくまに満天に広がり、ひときわ冷たい烈風が吹き流れた。北東貿易風に間違いなかった。大海原一面に白波が騒ぎ、烈風が左舷側から吹き流れている。驚いたことに、あっという間に空と海の様相が豹変して険悪な天候となった。

小さな帆掛け船はぐらぐらと走っている。両手を腰に当てて大海原を眺めやっていると、前方に、かなり広大な海域にわたって白波の騒ぐ珊瑚礁群があらわれた。全身凍りつく思いだ。全く想像だにしなかった海域に出くわしてしまった。まるで波濤の壁ではないか。眺めやっていると、冷たい烈風に煽られるようにどんどんと湧き起こる波濤が乱舞してぶつかり合い、猛烈に騒ぎ立てている。そのまま突き進んで行ったらこの一葉の箱船はひとたまりもない。船もろともお陀仏なのだ。

あわただしく周囲をぐるぐると見回した。薄暗い大海原にはどこにも物影一つないが、はたと考えてみる。珊瑚礁群があるということは近隣海域に島嶼が存在するということかも知れない。

船底の扁平な小さな帆掛け船は、追風に烈しく煽られて波頭の上を滑るように突き進んでいる。千切れてはためく白帆がなんともいたいたしい。南無阿弥陀仏の六字名号も悲惨なすがたに変わり果てている。烈風を受けてひた走りに走る箱船の方向転換は危険をともなうから、水路を見つけて一か八かくぐり抜けなければならない。前方を凝視し続けていると、幸いにも小船なら通れそうな水路を発見した。その水路を命がけで抜けきる以外に道はないのかも知れない。波浪が騒ぎ、潮流も渦巻いて流れているようだ。

危機一髪の瀬戸際を覚悟しなければならない。

寸分の油断も許されない決死の賭だ。

引き下がることは出来ない。

ただただ進むしかないのだ。

波濤が打ち騒ぐ巨大珊瑚礁群は、どんどん近づき、眼前に迫っている。何がなんでも前方に立ち塞がる障害物を制伏《せいふく》しなければならない。一歩たりとも退けない絶体絶命の窮地である。背水の陣とはこの心境をいうのであろう。渦巻く荒波の翻弄を振り切って一気に駆け抜けなければならないのだ。決戦は数分のうちに決まるだろう。決死の失敗は明らかに死を意味する。

ただ水路を見つめた。

無我夢中だった。

波濤が空高く打ち上がる巨大珊瑚礁群の曲がりくねった水路をくぐり抜けた。一瞬の出来事のように思われた。

命の縮まる思いだった。波をかぶり、何度も転覆しそこねて肝を冷やされた。気力が抜け、びしょ濡れになって、酷寒が骨の髄まで染みた。疲労困憊の果てに、やれやれ助かった、と思っていると、さらに、進行方向を塞いで波濤が打ち上がっている。珊瑚礁が七重八重に連なる海域なのだ。ここでは通り抜ける水路はないようである。そのまま突っ込んで行ったらわが本船は間違いなく転覆することになる。あわてて波の小振りな海域を選んで投錨すると、ふと思いついて真魚が放り込んだ縄を繋ぎ足した。

わが本船は、荒れ狂う波頭に翻弄されながらもかろうじて最悪の転覆だけはまぬかれ、ぐらぐらとただよい続けた。

船と共に助かったと思った。

わが本船がいとおしい存在に思われた。同志として握手をかわしたい心境になった。継ぎ足した縄がなかったら、わが本船は、波浪の小振りな海域ではあっても転覆していたかも知れないのである。

真魚の黒い顔が浮かんだ。必死の思いで、船底にたまった淦を両手で掬って船外へ捨ててから屋形に這入ってあぐらをかき、マントラ念誦の最中、秋穂のことを思いながら睡魔に襲われ、力尽きて倒れた。

夢境に、花嫁姿の秋穂が突然あらわれて、雲一つない碧い空を飛んで来た。昇龍と奇龍が幽暗な熊野山中にあらわれてけたけたと笑い転げた。明正の顔を持つ不動明王もあらわれた。

再び、今度は赤子を抱いた秋穂が微笑を浮かべてあらわれ、日真の名を慕わしく何度も呼んだ。

「兄さん、日真、二人の子です。ほら、とても元気よ」

何もかもが混在一色となって、夢なのか、幻なのか、うつつなのか、判然としない。日真は、深閑とした意識の底で秋穂と抱き合って過ごした一夜を想起した。そのことだけは、いつなんどきでも、脳裡から消えたことがない。最後の最後まで、明正にも打ち明けられない秘密であった。

そのめくるめく夏の絵巻物語は、真魚と玉緒が旅へ出た日に起こったのである。

兄と妹は、ささやかな夕食後、突然見つめ合い、どちらからともなく擦り寄って強く抱き合った。

日真は秋穂以外に女はないと思った。

秋穂は日真以外に男はないと思った。

言葉はいらなかった。二人はぎこちなく唇を交わし、烈しく抱き合った。日真は妹を忘れ、秋穂は兄を忘れ、裸になって二人は一対の男と女になった。本能を剝き出してオスとメスに豹変して狂おしく求め合った。

日真は愛する女を抱いた。

秋穂は愛する男にしがみついた。

日真も秋穂も、身体が火照って小刻みに震えた。

二人にとっては何もかも初めての体験だった。

十三

いやがうえにも難行苦行を強いられる若い僧は、屋形の中に倒れて死んだように眠り続けている。骨と皮に痩せこけて見る影もない。どこから見てもみすぼらしい姿は、見るに堪えない。びしょ濡れになってぶるぶる震え、荒波に翻弄されて屋形内を転がっている。屍体と見まがわれかねない有様だ。

眼孔は深く窪み、ごっそりと肉の落ちた頬に涙の流れたあとがついている。

嘘のように風波は止み、空は晴れ上がって満天どこまでも碧々としている。熊野の空とはひと味もふた味も違う空である。海もおだやかに碧々と広がっている。海も熊野の海とはひと味もふた味も違う。大海原の水平線はくっきりとして無限に円弧を描いている。やはり、空はどこまで行っても空であり､海はどこまで行っても海である。水平線はその融合点なのだ。そのことが実感的によく分かる。日真を抱き入れた小さな帆掛け船は、大海原のど真ん中の巨大珊瑚礁群の礁湖にいたいたしい船体をさらしてただよっている。

日真は血圧が下がって深い昏睡状態となった。

あわや絶体絶命の虫の息であえいでいる。

かすかに聞こえていた風の音が消えた。

海の音も消えた。

突如として日真はおのれ自身から離脱した。

おのれの臨死体から抜け出たのである。

臨死体から離脱した日真は肉眼では見えないが、それは命といっていいものである。その命には、生身の人間同様に意識を具備してものを考える思考力も情念もあるのだ。

その命のかたまりは、小さな帆掛け船の屋形を抜け出て中空に懸かり、碧々と広がる海上を見渡した。それは宇宙生命体系との完全なる合一である。信じがたい不思議な超常現象ではあるが、この宇宙生命体系には科学では実証し切れない現象が起きるのだ。

日真の生身の身体から離脱した命のかたまりを、生魂と呼んでいいのか、生霊と呼んでいいのか、あるいは幽体と呼んでいいのか、実際のところはよく分からないが、一説によると、非常に微細な体と意識を持っているがゆえに細身という呼び方もあるようである。そしてなんでも、その細身は輪廻するという。その細身こそが、じつは輪廻転生の実態なのだというのである。しかし、その細身に、思考力、情念があっても、その意識を言葉として外部に出す機能があるかどうか、それはよく分からない。

日真は、小さな帆掛け船の屋形の中に倒れたおのれ自身の臨死体をじっくりと凝視すると、今度は、突如として、熊野の上空に懸かった。静かな晩秋の朝である。多少ひえびえとしているが、無風なので寒いことはない。浜の宮の砂浜に寄せる波の音がかすかに聞こえる。

臨死体から抜け出た命のかたまりは、ありとあらゆるものを超越して移動出来るのだ。この宇宙の時空も一切の障害物も関係ないのである。たとえば、屋形の壁もまったく邪魔にならないで、通り抜けられる。一瞬のうちに上空に懸かり、一瞬のうちに熊野に有り、一瞬のうちに小さな帆掛け船の上に懸かるのだ。この不思議な超常現象は、この宇宙生命体系と深くかかわって存在するのである。

日真は、熊野上空からわが家を眺めやった。先祖の霊前に立てた線香からこうばしい白煙が立ちのぼっている。両足をのばして座った玉緒と秋穂が食事をしている。

「今頃、どこで、どうしているでしょうね」

あまり食欲のすすまない玉緒が、秋穂を一瞥してから、いつものきまり文句を小声でいった。こうして日に何十回となくつぶやくのである。人がいてもいなくても、ものに憑かれたようにいうのである。このところ、玉緒の口をついて出る言葉といえば、このきまり文句だけなのだ。真魚はそれを聞くのが辛くて留守がちとなり、朝も食事がすむと浜へ行ってしまう。真魚も日真のこと以外に考えることがないのだ。

「お母さん、そろそろ、遠い遠い南の島にたどり着きますよ。そこは、まるで夢のような楽園……。蜃気楼のように見えていますよ。いつでも鳥がうたい、いつでも花が咲き、その楽園の人々は、いつでも唄い踊っています。兄さんは、いいえ、日真上人は、ありとあらゆる障害物を制伏し、瀕死の一大危機からも脱出して高次元にのぼりつめるでしょう。疑念は微塵もなく、わたしは、そのように信じております。日真上人の生還をかたく信じております。あっ、いま、お腹の子が動いたような気がします。お父さんの日真上人に感応し、交信しているのでしょうか。わたしには、日真上人のことが何もかも分かるような気がしてなりません。お母さん、心配することはありませんよ」

秋穂が落ち着いて明るくいい切った。半狂乱状態から立ち直った秋穂は、この頃、食欲も旺盛となり、口数も多くなって、まるで見違えっている。真魚と玉緒が眼をまるくするようなことも口ばしるようになっているのだ。

日真は、わが家から立ちのぼる線香の芳潤な香りを吸った。線香のこうばしい香りは、細身の大好物なのだ。そして、白波の寄せる砂浜をあてどもなくさすらう真魚に視線を移した。真魚は、このところ急激に白髪がふえ、顎髭も延び放題だ。多少痩せてはいるが鍛錬された精悍さがどこかにあって丈夫そうである。

突如として、日真は、一瞬のうちに、熊野から戻って小さな帆掛け船を見下ろしていたが、また一瞬のうちに、臨死体のおのれの体内に入った。

十四

どこからともなく鳥の鳴き声が聞こえた。
咳込んでわれとわが魂を取り戻した。
意識が朦朧としてたよりない状態である。
長い間死んだように眠りこけていた。
わが本船はかろやかに揺れている。
寝返りを打たなければ揺れないような揺れである。
潮の香りがただよっている。
海はきわめて静かだ。

腹這いになって屋形を抜け、よろけながら立ち上がってみると、波一つないおだやかな大海原の東方海上がほのかに明るくなっていた。視線を東南に回し、海面に頭の突き出た岩石からさらに右手に転ずると、一見三角山の岩島が白っぽくぼんやりと映っている。中国の幻想的な水墨画を見るような島影である。

アッ、と驚いた。ひょっとしたら、この三角山の岩島こそが、観音菩薩のおわす八角形のポータラカ（インド南岸コモリン岬付近の補陀落山・光明山）ではないかと一瞬思ったのだ。さながら夢見ごこちだが、南海の無垢界に往生し、ここに再生して永遠の命を得たということならば、ここで永遠に、観音に奉仕することを願う、と日真は思った。

一見三角山は、独立した岩島のようだ。その後方と右手の台地状の島々も独立した島のようである。海峡らしい海も認められるから、その島々は指呼の距離に存在することが分かる。

残余の力の限りを尽くして錨を引き上げると、小さな帆掛け船は、ゆるやかな潮風に乗って流された。

風に吹かれるままである。

潮に流されるままである。

小さな帆掛け船は透明度の深い海を静々と流されている。

背後の碧い水平線から太陽が昇って燦然と輝いた。遠いはるかな死の国に昇る太陽とは全く別次のものであることがはっきりと分かる。生命の太陽である。まさに本源そのものの太陽である。そのように実感される太陽が大海原の水平線から昇った。全くあらたな心境になった。

燦然と輝く太陽に向かってマントラを捧げ、立ちはだかっていると、思わず海の不思議と神秘に気づいた。眼前に広がるおだやかな海域の色彩が色々様々に変化しているのである。太陽光の射す角度や眼の位置によっても、透明度や色合いが微妙に移り変わるのである。なんと、芸術的な変化に富んだ神秘の海であろうか。この地球上にこんな海があったとは驚きと喜びである。いくら眺めやっていても見飽きないのだ。両手を腰に当てて立ちはだかっていると、眼下に海底の珊瑚が手に取るように見える。

わが本船は静々と進んでいる。

曖昧模糊とした意識のはるか彼方の三角山の岩島は、依然としてかすみがかっている。台地状の島々も霧がかかったようにかすんで映っている。よろけながら遠く眺めやっていると右手の台地状の島がより近いように思われた。

わが本船の漂着地は、風向きと潮流によっておのずから決まることになるだろう。立ちはだかっているとふらふらして視界が余計にかすみ、今にも卒倒しそうな危機が感じ取れた。その場に座り込んでから腹這いになって屋形に這入り、倒れて居眠りしていると、進行方向から静かな波の音が音楽の調べのように聞こえた。それは、自然と調和し、ここちよい波動として人心に安らぎを与えているように感じ取れる。

居眠りの時間が経った。

夢見心地の時間が経った。

じつにすがすがしい気持ちだ。

安らかな境地である。

じっと聞き耳を立てていると存在の深みに引きずり込まれるような睡魔に襲われた。そのまま睡魔に打ち倒されてもよかったが、奮起してわれを取り戻し、腹這いながら外へ出てみると、前方に、帯状のあらたな珊瑚礁が塞がり、白い小波が湧き立っている。左舷側にかすむおだやかな海域にも白い小波のようなものが見える。さして心配することはないと思った。

十五

小さな帆掛け船は船足もかろく潮風に乗っている。白帆は千切れていたいたしい限りだ。家郷の那智浜の宮を船出して未知のこの海域まで不眠不休の帆走を続けてきたのである。危機一髪の事態にも直面しながら、父母と別れ、友人と別れ、愛する人を捨て、死出の旅同然の命がけの渡海にのぞんだ主人を運んで孤絶の大海原をひた走りに走って来たのである。よくぞ頑張った、とその労苦をねぎらい、そして褒めてやりたい。飲まず食わずの主人の体力と気力もそろそろ限界に至っているようだ。

前方の海域を飽きずに凝視し続けていると、そのまま突っ込んでも転覆することはないと判断した。

思い切って、珊瑚礁の上といわず広々とした水路といわずそのまま抜け切ることにした。はるか後方に遠ざかった巨大珊瑚礁群とは比較にならない小規模の珊瑚礁だが、それにしても、珊瑚礁の多い海域には全く驚かされた。

海はどこまでも澄みわたり、底の底までまる見えである。イソギンチャクのまわりを未知の色とりどりの小魚が楽しげにじゃれ合っている。すいすいと泳ぎ回る魚類の色彩は熊野の海とは全く違って色鮮やかである。

わが本船が静々と礁湖にさしかかった時、海底に驚くべき巨大貝を発見した。それは間違いなく二枚貝のシャコガイであった。大人一人を優に抱き入れてしまいそうな大きさだ。まさしくこれこそオオジャコである。青緑の大口を上に向けて開き、微妙な開閉運動を繰り返している。那智湾や熊野の海域で見たことはなかったが、明正の家に大人の手位のシャコガイの貝殻があった。明正が物心ついた頃にはすでに家にあったが、誰がどこから持って来たものか、その詳細は分からないといっていた。貝殻の形状は扇状で数本の放射状の隆起があり、表面は淡灰褐色、白色の内部は光沢があった。シャコガイは亜熱帯の琉球海域や熱帯の海に棲息しているとも明正はいっていた。まことに興味深い豊饒の海である。オオジャコにもめぐり逢えたのである。ほんとにいくら眺めやっていても飽きることのない海なのだ。

小さな帆掛け船は潮風に乗っておだやかな海域を航行している。寒風が吹き荒れた熊野とは自然環境が全く違い、清澄なる季節の陽射しにあたっているようなあたたかさが身体の芯まで染みわたっている。眼に映るもの、心に感受されるものが熊野とは全く異なるのだ。虚空の空、海原の色は、抜けるように碧々と澄みわたっている。

碧い空と碧い海を眺めやっていると、心身の底からよりやわらぐ不思議が感じ取れる。完全に生死を忘れているのだ。自然との融和にこそ、人間の終極の救済は求められるだろうか。

小さな帆掛け船は、如来の海をみずからあるがままに漂流している。宇宙のふところにいだかれ、ありとあらゆるものとつながって存在し、若い僧をつつみ込んでいる。

若い僧は、じつに無相となり、宇宙の命に溶け込んでいる。

十六

太陽は燦然と輝いている。

おのずから屋形の前に半跏趺坐を組んだ。

大日如来にいだかれて不動の姿となった。

吹き抜けの永遠なる時空との合一が自覚される。

あるがままに有ることがここに体得されているようだ。

吹き抜けの時空の深奥から、懐かしい人の声が聞こえた。男と女の声が調和よく入りまじっているように聞こえる。重々しく塞ぐ瞼をわずかに開くと、おだやかな碧い海域の向こうに、ごつごつとした岩肌や明るい太陽光を受けてより白く輝く白浜がかすんで見える。長髪の人影が数人走ったり手を振ったりしている。碧い海に人影が飛び込んで泳いで来た。

夢か幻かうつつか。

突然、かつて一度も体得したことのなかった世界が映し出された。万有万物の本性が手に取るようによく読み取れるのだ。その清浄なる世界が一目瞭然なのである。

なんと、無垢の時空が六方いっぱいにあけっぴろげとなり、あくまでも空碧く、あくまでも海碧く、凪のようにとろとろと静まった時空なのだ。中空に白雲が浮かび、陽が射すと海は七色に輝き、島の砂浜は眼がくらむほどに白く眩しい。

紅色の花、黄色い花、純白の花が今盛りと咲き乱れ、千万の鳥が鳴き、人が唄い踊っている。花は咲きたいだけ咲き、鳥は鳴きたいだけ鳴き、人は男女こぞって唄いたいだけ唄い、踊りたいだけ踊っている。

貧富の差もなく、人と人の衝突も喧噪もなく、一人一人が明朗闊達に、ここにありのままに有ることを謳歌している。人や他の生き物も、他の一切の物も、差別も区別もなく平等かつ公平だ。まさしく、バラ色の六方時空である。ありとあらゆる生き物に、煩悩もなく業もなく、何もかもが清浄そのものだ。生きとし生けるものが無垢の園で本然のままに現前している。

無垢の時空は、一日千年の如く万年の如く開かれ、歓喜が湧き溢れ、この世の苦塩を嚙む辛苦はない。人も他の生き物も老いさらばえることがなく、生死苦もなく、永遠の命なのだ。

人は共に生き合い、人は共に認め合い、そして人は共に死ぬこともなく、命あるものの命に微塵の濁りもなく、無垢で普遍である。じつに、調和の円環の中に、何もかもが本然のままに存在しているのである。

十七

鳥の鳴き声が始終聞こえ、おだやかな空気のただよう場所に横たわって有ることがよく分かる。あたたかいものにくるまれているようにここちよい。しかし、どうしても、身体を動かすことが出来ない。口は堅く閉ざされ、瞼も石のように重く固定されてままならない状態である。

なおも静かな声で鳥が鳴いている。手の届く近隣から何やら話し合う人の声も聞こえている。何を話しているのか皆目分からないが、男の烈しい口調と女の優しげな口調は聞き分けられる。深閑とした時空の向こうから、おだやかな海の潮騒も聞こえてはればれとした気持ちである。

ゆったりと落ち着いて気分は上々である。時折、ここちよい眠気と共に意識の途切れる瞬間が感じ取れる。

何度我に返っても依然として平穏でじつにあたたかい体感が全身を取りつつんでいる。どこからともなく小鳥の囀りも始終聞こえて変わりなくなごやかな雰囲気である。
先程から、大勢の人の立ち振る舞う気配がしている。
かなり近いところに人の気配が感じられ、ほどなく、やわらかい肌の感触と共に白湯が口移しにのどの奥深く流された。その行為が何回か繰り返されると、今度は、あたたかい肌が身体に密着して豊かな乳房が口唇にふくまされた。さわやかな磯の香りがした。

安らかな状態である。不意をついて幼年の頃の記憶がよみがえった。ついこの間の出来事のように鮮明に思い出される。

人影一つない夕暮れの寒い砂浜の岩場の陰で、長いことぶるぶる震えながら薄暗い海原ばかり眺めやっていると、どこからともなく小船があらわれた。見えては隠れ、また見えては隠れて、だんだんとこちらに近づいて来ることが分かる。寒さも忘れてよく見ていると、色の黒い男が一人乗っている。一度も見たことのない人だ。眼を離さないでじっと見ていると、男の人の乗った小船はだんだんと近づいて来た。男は大声で何か叫び、小船を砂浜に押し上げるとあわてて走って来た。倒れては起き上がり、また倒れては起き上がって、はあはあしながら走って来た。すぐ近くまで来ると、男は、怖い顔をしてじっと見つめていたが、自分の上着を脱ぎ取ってそれでつつむと抱いて小船に乗せ、長いことぐらぐらと漕いで岬を回った。気がつくと眼の上に男の顔があった。男は小船をぐらぐらと漕ぎながらなおも怖い顔をしていた。岬を回ってからも男は長いこと小船を漕ぎ、やっと別の砂浜に到着した。もうすっかり暗くなっていた。男の人に抱かれて暗いところを行くと、大木のかたわらに、薄明かりのとぼった家があった。男が低い声で何やらいうと、白煙のたちこめた家から出て来た女の人に抱き取られ、すぐに裸にされて熱い湯に入れられた。それからすぐにあたたかい服を着せられた後、乳を飲まされた。さわやかな磯の香りがしていた。おっとりとしてふくよかな女の人が涙ぐんで歌も唄うと、とても眠くなった。小さな子のかたわらに寝かせられると、あたたかい気持ちだった。しばらくの間、男の声と女の声が聞こえていたが、その後のことは何も記憶していない。

気がつくと女の人が大勢集まって泣いていた。大海原のうねりのようなゆったりした旋律の歌声も聞こえた。話し声も聞こえてはいるが、何が何やらさっぱり分からない。口をついて出る言葉が全く異質なものなのだ。枕元の優しげな女の人のひそひそばなしも不可解極まって皆目分からない。遠いところから男の烈しい口調も聞こえていた。何やら芳潤な香りも鼻をくすぐっていた。

思いも寄らず瞼が軽くなって薄明かりが感じ取れた。石のようにかたくこわばっていた口元もゆるんだ。小鳥の囀りもひときわにぎやかになり、さわやかな磯の香りをただよわす人の泣き笑いが耳元ではっきりと聞き取れた。

神歌《カンヌアーグ》が聴こえる

仲間屋敷

薫風に乗って女子の歌声が聞こえる。春の日の梢の先でうたいはじめた野鳥の囀りではない。生来の美声を持つ女子がうたい流しているのだ。その歌声は野鳥の囀りに聞き違えるほどにどこまでも透き通って薫風を震わせる。

この女子の歌声が流れると野鳥さえも聞き惚れて囀りを止めてしまうのだ。

スゥラトゥイン・ヤグミ・カギムヌ
（空と海　とても　美しい）
ツスゥナンガマー・ヤグミ・カギムヌ
（白波が　とても　美しい）
ツムカギ・ッザ・トゥ・ンマ
（心の美しい　父と母）
ヌズゥン・ビキドゥンマイ・ウリー
（望む　男も　居て）

その歌声からは、空、海、白波、父母、男などの言葉が聞き取れる。歌の主は唄い終わるとまた繰り返して唄い出すのだ。

「仲間屋敷の子が毎日唄っているさ。気が障っているかね。それにしても上手だよ。野鳥の鳴き声かと思ったさ」

シャコ貝をかついで前泊《まいどうまい》の浜を上って来た中年の男が言った。

「美人だけどね。気の毒だよ。確かに歌はうまいかも知れないね。十五日前後は毎日のように唄っているさ。珍しいね」

その妻が歩きながら崖の方角を見上げて言った。

その歌声の震源は大パノラマがひらける崖上だった。

そこは神が降臨したと言い伝えられる聖地タカビラの崖である。その女子はいつもそこによじ登って潮風に吹かれ、むかしから誰も知っている歌や誰も知らない歌を次々に唄うのである。

「神女雅《かんみが》が唄っているさ。いつ聞いても上手だね。この歌は新しい歌だよ。男とは誰かね」と月女雅《つつみが》が言った。

「その男は、仲原部落の仲間大加那志《なかまふがなす》のことだ」と太陽主《ていだしゅう》が言った。

「あっ、あの男は働き者だね。それに頭もよさそうだ。あの男なら賛成だよ。あの仲間家は私達の遠い先祖が一緒かも知れない」と月女雅が言った。

「それはいいけど、神女雅はまだ十五だよ」と太陽主が言った。

「約束しておけばいい。そのうちにすぐ女になるさ。そのことはよく分かる。里人も言うように神女雅はこころに少し障りがあるかも知れないが、御嶽《うたき》の神様に祈願すれば普通の女になるさ」と月女雅が言った。

島人から仲間屋敷と呼ばれる仲間家で太陽主と月女雅の夫婦が茶をすすりながら話していた。仲間屋敷はタカビラの西側一帯に鬱蒼と茂った上原山の麓にたたずむ名門である。

潮風に吹かれて歌を唄っていた神女雅がタカビラの石段を下りて来た。長い黒髪を揺らし、裾の短い着物に小柄な身体を包んでいる。日に日に胸のふくらみも目立つようになった。月女雅が言っているように一人前の女になる日は遠くないかもしれない。

「太陽主様、月女雅様、ただいま帰りました」

神女雅が活気に満ちた声と共に仲間屋敷の邸宅に入った。

「新しい歌だったね。美しい自然も唄ってよかったさ」

母親の月女雅が笑顔で神女雅を迎えた。月女雅は三十四歳で島の歴史や民俗や歌謡に詳しい女流である。

「よかった、神女雅。いい歌だ」

父親の太陽主が神女雅を褒めた。太陽主は三十五歳で神島の村長である。

そうこうしているうちに長男の大主《ふしゅう》が漁から帰って来た。大主は神女雅に二歳年上の兄で仲原部落の大加那志《ふがなす》とサバニを乗り回して漁業に従事している。このサバニは仲間家の先祖が神島に初めて導入したケラマサバニである。

一家四人揃って昼食となった。いつでも家族揃って食事を取るのだ。主食はおもに、イモだが、村外れの田圃で米も作っている。おかずは、シャコ貝、イカ、タコ、魚を食べる。

「大主、わたしが結婚するなら、大加那志が一番いいと思っています」

結婚願望をあらわにして神女雅が言った。

「分かった。話しておく」

大主が神女雅を一瞥して言った。大主はほかにも何か言いたげだった。

「太陽主様、月女雅様、それに神女雅、僕は元泊《むつどうまい》の与那覇海女雅《ゆなふぁいんみが》と夫婦になる約束をしてあります。よろしくお願いします」

大主は、やや緊張気味ではあるが、確固たる信念に満ち満ちている。如何なる力にも屈しない力強さが感じ取れる。

「そうか。分かった。それはよかったね、大主。強い意志を感じる。元泊の与那覇家の娘だね。おめでとう。近日中にお祝いしよう。月女雅、よろしいね」

太陽主がかたわらに座っている月女雅の横顔に言った。

「はい、はい。わたしはよろしいさ。海女雅はかわいらしい美人だね。大主が選んだ嫁だから、わたしは賛成だよ」

月女雅が食台をかこんで向かいに座っている大主を見つめて言った。

「与那覇海女雅ならよく知っていますよ。人並み以上に頭の回転がよく、世話好きで気心の優しい女性です。仲間家の長男の嫁にふさわしいと思います」

神女雅が情熱的に海女雅を褒めそやした。

なごやかに昼食は終わった。

上原山の内奥から野鳥のにぎやかな囀りが聞こえる。神女雅の美声でないことは明白だ。神女雅は仲間屋敷で横になっているのだ。

おだやかな時間が流れるともなく流れている。

仲間屋敷の静寂を破って一人の太った若い女が仲間屋敷にあらわれた。

「村長の太陽主様、私《わっし》の男が浮気しているよ。殺してやりたいさ」

女は日焼けして色黒だ。何かの匂いを発散して臭い。

「はあ、それは物騒なことだね、ノッデ。殺してやりたいか」

太陽主は女に繁々と見入って言った。

女の薄汚れた着物の胸元が開いて巨乳をのぞかせている。

「殺したらかわいそうさ。ワッシは、あの男を愛しているよ。でもね、浮気は大嫌いだよ。変な女と道に立って、笑いながら話しておったさ。間違いなくあれは浮気だよ」

女が刺々しい声で言った。

「なるほどね。気持ちは分かった、ノッデ。それはね、浮気ではない。あんたの男は浮気をしていないよ。ただ話をしているだけだ」

太陽主が諭すような口調で言った。

「分かった、分かったさ。話をしているだけだね、太陽主様。これでさっぱりしたさ。もう帰るよ」

女はそう言うとにこにこしながら仲間屋敷を出て行った。

太陽主が外に出て、その後ろ姿を追っていると、御嶽の神前広場に通じる仲間道の入口を過ぎたあたりでニタニタと口を歪めたムサが突っ立っていた。

八重山のオヤケアカハチの乱

一五〇〇年二月、寒い北風が吹き荒れる昼下がりだった。

神女雅の小柄なからだの胸のふくらみは一段と目立つようになっている。彼女が道を往けば男達がひやかすのだ。俺の女になれ、とか。妻とは別れるから結婚してくれ、とか。しかし、神女雅に聞く耳はない。

神女雅がタカビラに登って歌を唄っていると、宮古島狩俣沖を一隻の帆船がジグザグ航行を取って走って来た。兄の大主と大加那志の乗ったサバニであることはすぐに分かった。

目を転ずると、白波を立てて島の西方海域にながながと横たわる伊良干瀬《いらびじ》の沖合に大型帆船があらわれ、みるみるうちに船団の行列となった。初めて見る異様な海洋光景に神女雅は驚き、胸騒ぎがして何事かと不安になった。

まもなく、大主と大加那志が力強く漕ぎ進めるサバニがタカビラ東側にひらけた仲泊《なかどうまい》に入って来た。

神女雅は、慌ててタカビラを降りると下り坂の山越道《やまぐすんつ》を小走りに通って仲泊に降りた。

サバニの前に立った大加那志が片手を挙げた。

神女雅は両手を高く挙げた。

「イクサが勃発するぞ、神女雅」

大加那志が大声を張り上げた。

「そうだ。イクサが始まる」

大主が立ち上がりながらわめいた。

「イクサとは何ですかね」

浜辺に立っている神女雅が黄色い声を発した。

「琉球王府軍と八重山酋長のオヤケアカハチ軍のケンカだ」

サバニを降りながら大加那志がせっかちに言った。

大主と大加那志は用向きがあって宮古島へ行っていた。蔵元《くらもと》の役人から呼び出しがあったのだ。偉い役人の話によると、琉球王府軍は兵士三千人。兵船四十数隻。総指揮官大里按司《おおざとあじ》。久米島の名高い上級神女の君南風《きみはえ》も参戦すると言う。

「神女雅、宮古島から大酋長の仲宗根豊見親《なかすうにとぅゆみゃ》の兵船が出る」

大加那志が宮古島を見やりながら言った。

「分かった大加那志。二人とも勇ましい族人《やからびとう》になるのですか」

霊感を得た神女雅が言った。

「そうだ。どうして分かった?」

大主が怪訝そうな顔付きで言った。

「神の知らせです」

神女雅が誰に言うともなく言い放った。

早速、仲間屋敷で大主と大加那志の壮行会が開かれた。併せて、神女雅と大加那志の正式な婚約発表も行われ、仲間屋敷に大勢の島人が馳せ参じた。

村長の仲間太陽主が立ち上がって熱弁をふるった。

「皆さん、集まってくれて、本当にありがとう。それでは申し上げます。近日中に、八重山のオヤケアカハチ討伐が行われる予定です。なにゆえにこうなったかと申しますと、このアカハチは、琉球王府の尚真王《しょうしんおう》に反旗をひるがえして王府の方針に従わないのであります。そこで宮古島の仲宗根豊見親軍が結成され、アカハチ討伐に加わることになったわけであります。その族人として、まだまだ若輩ながらも海技に長じた大主と大加那志が神島の歴史上初めて参戦することになりました。我々の、この小さな神島から、名誉の族人が生まれたわけであります。我々は、二人の無事の生還を願いましょう。二人とも身体には十分気をつけて頑張ってください。死んではならんぞ。負けそうになったら逃げて帰って来い。いいですね。島人の皆が御嶽の神様に祈っております」

村長の力強い弁舌が終わると、あちらこちらですすり泣きが起こった。

「神女雅、海女雅が時々話している久米島の偉い君南風も参戦することになっている」と大主が言った。

「凄いさ！　本当に君南風が久米島から来るのですか。一目でいいから御目にかかってみたい」

神女雅が大真面目な顔付きで言った。

「君南風に逢う機会があったら、神女雅のことを話してみるよ」

大加那志が神女雅を見つめながら言った。

ほどよいころあいを見て月女雅が言った。

「皆さんにご報告申し上げます。本日を持って、神女雅と大加那志は夫婦になります。末永くよろしくお願い致します」

神女雅十六歳。

大加那志十八歳。

潮が満ちて夕刻からまもなく。

神女雅と大加那志は、誓い合って初めて結ばれ、晴れて夫婦になった。

翌々日、大主と大加那志は仲泊を出港することになった。

島人総出の見送りである。

太陽主が先頭に立った。

元泊から海女雅もやって来た。

月女雅と海女雅が飲料水と食料をサバニに積み込んだ。食べ物は、イモ、乾燥したタコ・イカ・サザエ・シャコ貝、雑多な魚であった。大勢の島人の差し入れもあって十日分の食料は確保されていると太陽主が発表した。

大主と大加那志が乗り込んだサバニは、帆を揚げると、北風を大きく孕み、宮古島へ向けて走って行った。

神女雅が即興の神歌を唄った。そして皆一緒に踊った。

ンスカジャー・フキー
（北風が　吹いて）
ヤーマー・マウトゥドー
（八重山は　真っすぐだよ）
カナイークーヨー・マティィーウイバ
（頑張って来いよ　待っているから）
ガンジューヤヒー・ムドゥリー・クゥーヨー
（元気で　帰って　来いよ）

この日から神女雅の狂気じみた祈祷が始まった。

翌朝も薄暗い山中の険しい仲間道を通って御嶽へ入り、宇宙神の使いとされるウラセタメナオ神を拝んだ。この神は昔々ヤマトの国から渡海して来た漂着神で何事もかなえてくれる万能神であると言い伝えられている。

祈祷を捧げる神前広場は、太陽主と月女雅が前泊の浜から運んで来た白砂を盛り上げて整い、浄水を入れるシャコ貝のカラもいくつか置いてある。

神女雅は神前に何時間も座り込んで祈祷を捧げ、おのずから湧き溢れる神歌を唄い出すのだ。こうして自然に新しい歌が次々に生まれるようになった。

アガイ！・カナシャガマ
（アア！　愛しい人よ）
バガ・カナシャガマ
（わたしの　愛しい人よ）
バンチャー・マツギーヌハードー
（私達は　松の木の葉だよ）
クッリー・ハナリン

（くっついて　離れないさ）

神女雅の活気に満ちた歌声は、御嶽の神木の梢で鳴く神鳥の囀りに聞こえないこともない。愛する人を思う執念と情熱は聞く人の胸を打つ。仲間道の物陰で神女雅の歌声に聞き耳を立てる人がいた。月女雅が目尻に溜まった涙を人差し指で拭き取ると仲間道をもどって行ったのだった。

神女雅が我を忘れて祈祷に励んでいると鋭い閃光の如き霊感が脳を貫いた。そうすると脳内空間に大加那志の大きな顔が浮かび上がった。

神女雅が急いでタカビラに登って宮古島をながめやると帆を揚げた船団が列をなして伊良部海峡を通っていた。この船団の中に大主と大加那志の乗ったサバニも航行しているはずだ。神女雅はそう思うと両手を舞い上がらせた。神女雅を見上げた月女雅が仲間屋敷前で踊り始めた。島の女達が集まって来てにぎやかに踊った。

太陽主が前泊から上って来て大声を張り上げた。

「皆さん、大主と大加那志が乗ったサバニも八重山へ向けて出港しました。安全航海と戦勝と生還を祈願したいと思います」

神女雅はタカビラを降り、狂おしく神歌を唄い踊った。

カリウスタビドー・カナシャガマ

（航海安全な旅だよ　愛しい人よ）
ガンジュウサーイツバン・カナシャガマ
（元気が一番　愛しい人よ）
ハイカディガマンナ・ムドゥリヨー
（南風が吹いたら　帰れよ）
バガカナシャガマ・カナシャガマ
（わたしの愛しい人よ　愛しい人よ）

神女雅は、何も考えない。無我夢中だ。ほかに思うことはない。いつ果てるとも知れず唄い踊った。まもなく海女雅が元泊からやって来た。


季節は早くも三月となってさわやかな南風がガジマルの葉を揺らし、鷹の小群の北上が見られた。神女雅は御嶽の神前に座り込んで気も狂わんばかりに祈祷を捧げていた。人の気配に気付くと薄暗い仲間道を二人の人影が歩いて来た。一人は月女雅であり、一人は海女雅だった。

「あっ、海女雅様！」と神女雅が立ち上がった。

「神女雅、久し振りです。元気そうで何よりです」と海女雅が言った。

「ありがとう。海女雅様、おめでたですね」と神女雅が言った。

「はい。よく分かりましたね。三箇月を過ぎました。妊娠のご報告と母子の健康祈願に参りました」

と海女雅が言った。

「まことに、おめでとうございます。よかった。本当によかった。それではただ今から、仲間屋敷のお嫁さんでいらっしゃる海女雅様のめでたいご懐妊と母子の健康祈願を取り行いたいと思います」

神女雅はそう言うなり、即座に祈祷を始め、輿に乗って神歌を唄い出した。

フヤグミヌ・ミユウヴキ
（大祖神《ふやぐみ》〔祖神《おやがみ》〕の　御陰です）
キユウヌ・カギビーン
（今日の　美しい日に）
ガンジユウ・ンマッファ
（健康な　母と子）
ンヌツニーヌカンヌ・ミユウヴキ
（命の根の神の　御陰です）

神女雅を真ん中にして、左側に海女雅が座り、右側に月女雅が座った。どこからともなくあらわれた太陽主とノッデは、月女雅の指示で後方に座った。

神女雅が高らかに祈祷を終えた。

「海女雅様、まことに、おめでとうございます。神の告知をお伝えします。八月初めに、大声で泣いて元気な男児がお生まれになりますよ。遠くない未来の仲間屋敷の跡取りです。運動は万能、頭脳明晰。ずば抜けた指導力と統率力を兼ね備えた志士に成長しますよ」

神女雅が合掌姿で言った。

月女雅も太陽主もノッデも合掌したまま聞き入った。

「ありがとうございます」

海女雅も合掌したまま頭を垂れた。海女雅は、この御嶽の神が何事もかなえてくれる万能神であることを信じて疑わない。

野鳥の囀りがにぎやかになった。


爽やかな南風に乗って鷹の春の渡りがたけなわとなった。鷹は春三月の晴れた空の上昇気流に乗っているので羽ばたかないで大神島の方角へ流れて行った。

神女雅がタカビラに登ると帆を揚げた一隻のサバニが宮古島狩俣の平安名《ひゃうな》沖を走って来た。間違いなく大主と大加那志の乗ったサバニであった。神女雅は急いでタカビラを降りると太陽主と月女雅に報告し、三人揃って仲泊へ降りた。大勢の島人も参集した。

大主と大加那志の乗ったサバニが仲泊に入港すると、神女雅と島の女達の歌と踊りがにぎやかに繰り広げられた。大主と大加那志は無精髭を伸ばし、いくらかやつれた顔付きではあったが、元気である。

神女雅は海女雅を連れに元泊へ急いだ。

「イクサは勝った。オヤケアカハチは捕らえられた」

大主が声高らかに言った。

「まことにご苦労であった」

太陽主が労をねぎらい、仲間屋敷で戦勝祝いの会が開かれることになった。

神女雅と海女雅が元泊からやって来た。

「神女雅、君南風様が逢ってもよい、と申されました」と大加那志が言った。

「それは凄い。本当に凄いさ。お逢い致します」と神女雅が笑顔で言った。

「君南風様の乗った船は宮古島張水《ぴゃるみず》に入る予定だ」と大主が言った。

「宮古島へ連れて行ってください、大加那志」と神女雅が言った。

「分かった」

大加那志が神女雅を見つめて言った。

神女雅は大加那志を見つめたままだ。

この日、夕暮れになっても仲間屋敷はにぎわっていた。

大主は、海女雅の妊娠を知らされ、感激して踊りまくった。

それからしばらくして、大主と大加那志の二人は、大主が村の助役に大加那志が村の書記に登用された。

　おだやかな昼前だった。

　神女雅と大加那志の乗ったサバニが仲泊を出港し、櫂を使って沖合へ出た。風は南東から吹いている。帆を揚げたサバニは、穏やかな海上を滑るように前進している。正装して一段と映える神女雅は船首側に座って前方を見続けている。

「大加那志と一緒に初めてサバニに乗って、わたしは、とてもとても嬉しい。変な言い方になるけれど、それはオヤケアカハチの乱の御陰だ。君南風様に逢えることも。でもね、わたしは、イクサが嫌いだ。でもね、わたしは、複雑な気持ちで嬉しい。ああ、よかった。右手に見える伊良部島も左手に見える宮古島も、とてもとても、綺麗な島だね」

「確かに、そう言えば何もかも、オヤケアカハチの乱の御陰だね」

「サバニに二人乗っていると、心が通い合い、夫婦と言う実感があります」

「神女雅、俺もそう思ったよ」

　若夫婦の乗ったサバニは、宮古島の漲水に向かって進んでいる。神女雅はツカサヤー（司屋）とも呼ばれる漲水御嶽《ぴゃるみずうたき》のことも考えていた。以前から、ぜひ一度は参拝すべく思いを深めていたのだ。漲水御嶽には宮古島創世の男神コイツノと女神コイタマを祀ってあると言い伝えられている。

　神女雅は限りなく胸がふくらんで嬉しかった。

神女雅と大加那志の乗ったサバニが宮古島の漲水に入ると、うら若い役人が駆け寄って来て用件を言い渡した。その話によると、君南風の乗った大型帆船はすでに漲水に到着していた。

午後一時頃、君南風様が漲水御嶽を参拝するのでその際に逢うことをすすめられた。役人の話では仲宗根豊見親夫人の宇津女雅《うつみが》様も同行の予定だった。

神女雅と大加那志が漲水御嶽の神を拝んで路肩にたたずんでいると石を運ぶ労働者が忙しげに動きまわっていた。大加那志が一人の男をつかまえて何事かと聞くと、漲水御嶽の石垣築造が始まっていると言うことだった。

大加那志が緊張しながら小声で言った。

「神女雅…。白装束に身を包んで神々しい君南風様がこちらに向かって歩いて来られます。長い黒髪が春の光に照り映えています。中年の美麗な神女様です。ご一緒の方は宇津女雅様ではないかと思われます。宇津女雅様も白装束に身を包み、君南風様と同じ位の年齢に見えてまことに美麗です。数人の役人と思われる男達が同行しています。あのうら若い役人もあとをついています」

「役人に先導されておられる方が君南風様ですね。なんと神々しいこと。内心震えます。もう一人のお方が宇津女雅様でいらっしゃいますね。お二人とも小柄で美麗な神女様ですね」

神女雅も緊張を隠し切れなかった。

まもなく二人の神女と役人達が近づいて来た。

神女雅が三歩進み出て言葉を発した。

「君南風様！　お急ぎのところをお止めして失敬致しました。わたしは神島の仲間神女雅でございます。お目にかかれてこの上ない光栄に存じます」

神女雅は多少震えながら言った。

君南風が神女雅に顔を向けて言った。

「はあ、そなたが神女雅ですか。お名前の通り神々しく美しい神女ですね。そなたの噂は聞いている。若くして優れているね。これからが楽しみなこと。心に誓って憶えておきますよ。日々精進してくださいませ」

おごそかな君南風の言葉だった。

その凛々しい語り口に神女雅は意識を失いそうになった。

神女雅は君南風のうしろに立つ宇津女雅に歩み寄った。

「宇津女雅様！　失礼致しました。わたしは神島の仲間神女雅でございます。お目にかかれてこの上ない光栄に存じます」と神女雅が言った。

「神女雅様！　上級神女の君南風様に認められて、この私も嬉しく思います。将来楽しみですね。そのうちに何かの用事があって神島へ行くことがあるかもしれません。その時は神女雅様を指名させていただきますのでよろしくね」

宇津女雅はいかにも馴れ馴れしい口調である。

神女雅と大加那志は君南風一行のうしろを歩いて再び張水御嶽を参拝した。

神女雅は新しい風が体内を循環していることを実感した。

元泊の里に仲間大親《なかまふうや》誕生

海女雅は八月四日の朝六時に元泊の実家の二番座で長男を出産した。

親戚筋の賢い老婆が産婦を介抱し、かいがいしく男児を取り上げた。生まれた男児は声を張り上げて泣いた。

仲間屋敷の太陽主も月女雅も大主も神女雅も与那覇家にやって来た。まもなく仲原部落から大加那志も馳せ参じた。元泊の里人も寄り集まって仲間屋敷の跡取りの誕生を祝って酒や海産物やイモや米を持って来た。

女の人達は二番座にたむろして母子を見守り、男達は一番座で祝いの粟酒《あーざき》を回し飲みした。家に入れない人達は庭や道端に立ったり座ったりしていた。

父親となった大主が大親と命名して発表した。

神女雅が男児誕生を祝って祈祷を捧げ、神歌を唄った。

ガンジュウ・フッビキドゥン（元気な　大男）

カンヌッファ・アタラスフウヤ（神の子　大切な大親）

フイフナリー・アグヌハナ（大きくなって　友の上）
タルンツキャー・マサリー・スマヌハナ（誰よりも　勝って　島の長）

神女雅が神歌を唄っている間、まるで共鳴しているかの如く大親が泣いた。

この日から、白砂や灰を入れたオオジャコのカラに出産火《しらうまつ》が焚かれた。出産火は出産十日目の十日満祝《とうかんてぃ》いの日まで、夏でも冬でも、日中も夜間も、母体の健康維持のために焚かれるのである。十日間休みなく燃やし続けるタキギは、ユウナの木やヤラブの木が適材として古来用いられている。火が弾けて飛ばないように皮は剝かれて乾燥され、出産の時期に供えられる。また出産十日間は親戚筋の女の人達の出産番《しらばん》も寝泊まりして母子を見守るのだ。


大親は元気に育った。眼を見開いて周囲に好奇の視線を投げかけるようになった。元泊の里で十日満祝いが盛大に行われた。この日に、母子ともども仲間屋敷へ移ることになり、親戚の幼年男子から選ばれた先達兄《さだいすうじゃ》の先導で母親に抱かれた大親は仲間屋敷へ向かった。そのうしろから、父親の大主と与那覇家の親戚筋の人々が歩いた。

干上がった入江の元泊浜から、干潟や砂浜を歩き、仲泊から山越道を通って行政の中心地仲間の仲間屋敷に到着して太陽主と月女雅と神女雅と大勢の島人の歓迎を受けた。その中には満面笑顔のノッデもムサもいた。

海女雅と大親が元泊から引っ越して来ると、懐妊が発覚していた神女雅は西隣りに家を新築して分家した。夫の大加那志も仲原部落から移り住んで仲間屋敷はにぎやかになった。

仲間屋敷の教育

神女雅が長女を産んだ。大加那志が美海《かぎいん》と命名した。美海はおだやかな顔立ちの娘として元気に育った。一年後には年子で次女美風《かぎかじ》が生まれ、その一年後に長男司親《つかさうや》を授かった。

司親は入江西岸の砂浜で産まれた。元泊の与那覇家で用事を済ませた帰りに産気づいて陣痛が始まり、一緒だった母親の月女雅の介添えもあって安産だった。司親が産まれた白砂の浜は、以後、月女雅が何気なく口走ったツファ・ナス・ヒダ（子を産む浜）の名で呼ばれるようになった。

神女雅は子育てに追われながらも太陽主と月女雅の協力と支援によって多くの神事や祭祀をこなし、はやくも三十歳の年齢になって人間的にも神女としても成熟度を深めていた。島人から篤い信頼と支持を受け、あらゆる人生相談にも乗ってさまざまな難問の解決と島の社会融和に貢献して喜ばれた。

神女雅は仲間屋敷の子供達に神女雅流の教育を施していた。

「皆、集まれ！」

神女雅が毎朝、日の出の刻に号令をかけると、仲間屋敷の七人の子供達は、庭先の小広場に立っている神女雅の前に集合した。子供達はタカビラに向かって生まれた順に並ぶのである。

「おはよう。それでは、いつものように〔仲間屋敷の神歌〕を皆一緒に唄いましょう」

神女雅の凛々しい歌声が仲間地域を満たした。

フヤグミユウ・ナーギー・トゥユマシ
（大祖神を　誉めて　響動《とよ》まそう）
フヤグミヌニーユ・トゥユマシ
（大祖神の根を　響動まそう）
ユウヌカンユ・トゥユマシ
（世〔豊穣〕の神を　響動まそう）
ウタキヌカンユ・トゥユマシ
（御嶽の神を　響動まそう）
ナカマヤシキヌカンユ・トゥユマシ
（仲間屋敷の神を　響動まそう）
ナウマイ・フヤグミヌ・ミユウヴキ
（何もかも　大祖神の　御陰です）
ナウマイ・フヤグミヌ・ミユウヴキ

（何もかも　大祖神の　御陰です）

「一糸乱れず、きれいに調和した歌声でよろしい。とても、とても、よかったよ。それでは、いつものように、自分の名前、年齢、それから何でもいいから言いなさい」

神女雅が活気溢れる語調を強めて言った。

☆「はい、それでは僕から…。僕は仲間大主の長男大親でございます。長男であるから、大親と言うわけです。気がついたら十三歳の年齢になりました。僕の将来の希望は、父上様を見習って優れた漁師になり、祖父上様の太陽主《てぃだしゅう》のような偉い村長を目指すことです。よろしくお願い致します」

☆「はい、次はわたし。わたしは、仲間大加那志の長女美海です。はやくも十二歳になりました。母上様が、美しい海になりなさい、と言いました。わたしは母上の神女雅様のような偉い神女になることを誓っています。神歌もたくさん作って唄いたいと思います」

☆「はい。僕は仲間大主の次男中親《なかうや》です。次男だから中親です。十一歳です。島人は、この僕を暴れん坊と呼んでいます。僕の将来の希望は、父上様のような優れた漁師になり、祖父上様のような立派な人間になることです。大親を助けてこの島を盛り上げたいと思っています」

☆「はい。わたしは、仲間大加那志の次女美風です。十一歳です。母上様が、美しい風になりなさい、と言いました。わたしも母上様のような偉い神女になりたいと思っています。皆さんがよく知っているように、わたしの妹美空《かぎすぅら》が生まれましたが、まもなく亡くなり、入江西岸のアクマ・ッシ・ヒダ（アクマを捨てる浜）へ捨てられました。島人は、美空を、アクマガマ、と悪く言って恐れていましたが、美空は神様になって、美しい空の上からわたしたちを見守っている、とわたしは信じています」

☆「はい。仲間大加那志の長男司親で十歳です。僕は、母上様の神女雅が唄う神歌が大好きです。将来は、大親と中親と力を合わせて、この島を精神的にも向上させたいと思いますが、個人的にはヤマトゥアーグ（和歌）に関心があります」

☆「はい。わたしは、仲間大主の長女で新月《みーつつ》です。年齢は九歳です。新月の日に生まれたから新月の名前をいただきました。島人はわたしのことをぼんやり者と言っているようですが、わたしの頭の中は活発に動いています。わたしの夢は、母上様のような感性豊かな女性になり、人の心に染みる歌を詠む歌詠みになることです。そのうちに自分が作った歌を発表します」

☆「はい。わたしは、仲間大主の次女満月《んてぃっつ》です。七歳です。満月の日に生まれたから満月の名前が付けられました。母上の海女雅が教えてくれました。わたしの夢は、母上様のような働き者で、慎み深い女性になることです。島人はわたしを力強い子と言っています」

仲間屋敷の七人の子供達の力強い言葉が仲間地域に響き渡った。

この日課の「仲間屋敷朝の会」の見学者は日々増えた。

「はい。一人一人偉い。ところで、仲間屋敷では、飲料水が不足しています。どうするか。仲間道のかたわらの井戸は枯れてしまった。雨を待つか。それとも村外れの白木井《つすうきがー》や土井《んたがー》まで行って真水を汲んで来るか。本日の朝の会は、これで終わります。はい、解散！」

神女雅がそう言うや否や子供達は揃って水入れ容器を持って出かけて行った。

夕方になって小型台風が発生し、夜通し吹き荒れた。大主と大加那志は海から帰らなかった。神女雅の不眠不休の祈祷が間断なく続いた。

晴れ上がった翌朝、大勢の島人が仲間屋敷に集まって二人の無事を祈った。

神女雅が御嶽に参拝して二人の生還を祈願していると、見たことのない赤い鳥が神木に留まって二声鳴き、ただちに飛び去った。神女雅は大主と大加那志の生還を確信すると仲間屋敷にもどって島人達に発表した。

「皆さん、大主も大加那志も無事です。まもなく帰りますよ」

神女雅がそう言うと神妙な顔付きをしていたノッデが巨乳を揺り動かしてタカビラに登り、身動きもしないで東方の方角をながめやっていた。

やがてノッデが大声で喚き散らした。

大主の長男大親がすばやい足取りでタカビラへ登った。

「喜んでください。皆さん。一隻のサバニが、狩俣の瀬戸崎を回り、勇ましくやって参りました。帆は、揚げておりません。オジの大加那志様と父上の大主様のサバニであることに、間違いありません。絶対に間違いありませんよ。力強い櫂さばきもあざやかに、神島に向かって進んで来ます。御嶽の神に助けられ、無事の生還です。よかった。本当によかった。皆さんの、この神島は、神に守られております。本当によかった」

大親のどこまでも透き通った声は島人一人一人の胸に響いた。

大勢の島人は、大主と大加那志の無事を喜ぶと同時に大親の巧みで力強い弁舌に感銘を受けたようだ。

村長の太陽主がタカビラを見上げながら誰に言うともなく言った。

「大親は大物になるぞ。子供と思っていたら、いつの間にか、我々大人以上の学識と智恵を持っているではないか。わたくしは安心して余生が過ごせる」

「大親様は、偉い村長になる人だね」

太陽主のかたわらに突っ立っていたムサがニタニタしながら言った。

太陽主は笑みさえ浮かべてムサに語りかけるように言った。

「そうだ。わたくしもそのことを考えていた。孫の大親は、このわたくしを遥かに超える指導者になり、優れた村長になるだろう」

かたわらに集まった島人達が、ンーダ、ンーダ、と共感した。

大親の才量

大親と中親と司親の三人は仲良く育った。右へ行くにも左へ行くにも一緒である。司親は大親に三歳年下の十一歳とは言え、大柄な身体付きでその背丈は大親と中親を超えていた。

ある日三人は、カゴや袋や棒切れなどを持って潮干狩りへ出かけた。

干潮時の入江干潟には大勢の人出があって、貝を拾い、石の下や海草の陰に潜んでいる魚を追いかけてつかまえていた。

踏んづけられて逃げたヒラメを中親が追いかけて捕獲した。

逃げ遅れて水溜まりに残った魚を大親が捕まえ、岩陰のエビを司親がつかんだ。

いつでもどこでも、大親が先頭を行く三人は、入江干潟を横切って長浜のトゥーイヤー浜を歩き、砂を手で掻き分けてハマグリを探した。司親はときどき立ち止まって沖合をながめやっている。

「どうした、司親」

大親が司親を見上げて言った。

「海が透き通って綺麗だ。作文に書きたい」と司親が言った。

司親は、どちらかと言えば、美しいものに感動しやすい性分である。ハマグリはさておき、海をながめやっていることが好きなのだ。一方、大親と中親は、どちらかと言えば、大漁して家に持ち帰り、親を喜ばすタイプである。

「オハマへ行くよ」

大親がそう言って歩き出した。大親は常に中親と司親を引っぱって行動している。どちらかと言えば、年上と言うだけではなく引率力が強いのだ。

「はやく歩いて来いよ、司親」

立ち止まっては海をながめやって足の遅い司親を中親が呼びつけた。

「うるさいね、僕の勝手だろう」と司親が反撃に出た。

「うるさいとは何だ、バカ」

中親が怒号を発した。中親は短気っぽいたちだ。

「二人ともいい加減にしろよ。仲良くするのだ」

大親が大声を出すと中親も司親も静まった。二人は大親に絶対服従なのだ。

三人はオハマにたどり着いた。

オハマは広大な砂浜だ。

東方海上に大神島が聳えている。その沖合から西方にどこまでも伸びる珊瑚礁が干上がり、白波が立っている。司親は我を忘れて白波のとりこになった。大親と中親は海に入ってシャコ貝や水字貝やホラ貝を拾った。

司親がタコを捕まえて中親に褒められた。

大親と中親と司親は、潮が満ちる前に入江干潟を歩き渡って帰路についた。

初代神島ツカサ仲間神女雅

時は一五二〇年四月。

肌触りのやわらかい南風がそよ吹く昼前の刻。白装束姿の老齢の神女と蔵元の若い役人を乗せた帆船が仲泊に入港した。すでにその情報を耳にしていた神女雅は正装姿で、太陽主と共に、仲泊へおもむいた。

神女雅が船を降りたばかりの宇津女雅に近寄って歓迎の言葉を述べた。

「宮古大阿母《みゃーくうぷあむ》の宇津女雅様、いらっしゃいませ。本日は朝から、今か今かとお待ちしておりました。久し振りでございます。わざわざのご来島、お疲れ様でございます。心より嬉しく歓迎致します。何のおもてなしも出来ませんが、どうぞごゆっくりしてください」

「神女雅様。久し振りですね。それにしても相変わらず美しいこと。三十代半ばとは思えない若々しさで、惚れ惚れしますよ。何よりもあなたの実力には舌を巻いております。ああ、村長の仲間太陽主様、はじめてお目にかかります」

小柄な宇津女雅が太陽主にも顔を向け、見上げながら言った。

太陽主は、珍しく緊張して宇津女雅を一瞥し、黙って頭を下げた。

宮古島頭首仲宗根豊見親玄雅の妻宇津女雅は、琉球王府の尚真王から大阿母の称号を授けられた上級神女である。

「神女雅様。本日は、大切な用事を持って参りました。御嶽神前において神女雅様の初代神島ツカサの認定証授与式を行いたいと思います」

宇津女雅のかたわらに突っ立っていた役人が言った。

宇津女雅一行は、太陽主の先導で、仲泊の浜から山越道を上った。神女雅と役人の二人は、何か話しながらうしろを歩いている。一行は仲間道を経て御嶽の神前広場へ出た。

仲間屋敷の人々、ノッデとムサ、大勢の島人が寄り集まって参列した。

「ただ今より、仲間神女雅様のツカサ認定証の授与式を行います」

蔵元の役人が仰々しく言うと、宇津女雅が朗々とゆっくり読み上げた。

認定証

仲間《なかま》神女《かんみ》雅《が》

貴女を初代神島《かんずま》ツカサに認定いたします

尚真《しょうしん》四十三年四月吉日

宮古《みやーく》大《うぷ》阿母《あむ》仲宗根《なかすぅに》宇津《うつ》女雅《みが》

神女雅は宇津女雅より認定証を授かって神々しい笑みを湛えた。

認定証授与式が終わると美海が前へ出て神歌を唄った。

ティンタウガナスヌ・ミュウヴキ

（天道加那志〔太陽神〕の御陰です）
ウタキヌフヤグミヌ・ミュウヴキ
（御嶽の大祖神の　御陰です）
ナカスゥニウプアムウツミガヌ・ミュウヴキ
（仲宗根大阿母宇津女雅の　御陰です）
ナカマトゥユミャカンミガウ・トゥユマシ
（仲間豊見親神女雅を　響動まそう）

「わたしの長女の美海です。失礼いたしました。よろしくご指導願います」

神女雅が宇津女雅に一礼して言った。

「まことに、すばらしい神歌です。まことに美声です。神鳥の囀りに聞こえました。何も指導することはありませんよ、神女雅様。感動して涙があふれそうになりました。母親譲りの能才ですね。美海様は、神女雅様に優るとも劣らぬ神女になるでしょうね。神島ツカサは安泰です。わたしは褒賞を持って蔵元に報告できます。ありがとう。神島の皆さん、ありがとうございます」

宇津女雅が胸を撫で下ろしたように言い切った。

この日、仲間屋敷では神女雅のツカサ認定祝いが盛大に行われ、大勢の島人が馳せ参じてにぎわった。

気がつくと、神女雅と蔵元の役人が祝宴の座を離れて薄暗い木陰で話をしていた。二人の姿を見た大加那志は胸騒ぎを覚えた。

豊見親神女雅をめぐる黒い霧

神女雅は、神島では通称豊見親と愛称を込めて呼ばれるようになった。

神女雅は正式に初代神島ツカサに認定されると信頼度は一層深まり、これまで以上に多忙な日程となった。毎月一日と十五日には宮古島の漲水御嶽参拝に出かけるようになり、島に帰らない日もあった。

神女雅の黒い噂が島の巷間に流れるようになった。蔵元の役人と怪しい関係になっていると言うのだ。神女雅に対する夫の大加那志の疑念が晴れる日はない。サバニを漕いで宮古島に渡りながら蔵元前や漲水御嶽前をうろうろ歩きまわるだけで島にもどって来る。薄暗い木陰で役人を見たことはあっても名前を知らない。大加那志は漁にも出ないで朝から島中を徘徊するようになった。役人との噂は真実ではない、と神女雅が説得しても聞く耳を持たないのだ。

とある日の夕暮れ。仲間地域に女の泣き声が起こった。その泣き声は野鳥の烈しい鳴き声のように聞こえたかと思えば女の断末魔の絶叫にも聞こえた。一体何事かと太陽主が隣家の仲間家を覗くと大加那志が神女雅に暴力をふるっているところだった。

「大加那志、止めろ」

太陽主が大声を張り上げた。

狂人と化した大加那志が神女雅を丸裸にしてはずかしめ、なぐりつけているのだ。小柄な身体に盛り上がった乳房が揺れている。そこに大主があらわれて大加那志の暴力を止めに入ったが、驚異的な腕力には全く歯が立たない。そこにムサもやって来たが大加那志の大暴れをおさえる力はない。

何を思ってか大加那志が棒切れを持ち出して振りまわすと、その尖端が不運にも大主の左目を突いてしまった。大主の絶叫が仲間地域に響き、鮮血が噴き上がった。大加那志はその反動で背後に倒れて左腕を折った。

仲良しの義兄弟の大主と大加那志の事件は蔵元でも話題になった。

大加那志の大暴れから三日後、蔵元から噂の役人がやって来て大加那志に逢うことになった。村長の太陽主と美海が同行した。

大加那志と神女雅は留守だった。太陽主が道行く人に聞くと御嶽に入って行ったと言うことだった。

大加那志は御嶽の神前広場に座って合掌していた。

神女雅の姿はない。

蔵元の役人は深く詫びた。

「大加那志さん、私は蔵元の役人で平良（たいら）と言う者です。あなたの奥さんの神女雅様とは何の関係もありません。わたくしには愛する妻がおります。かわいい子供もおります。疑われたことを良心に恥じておりますが、神女雅様とは蔵元の仕事やツカサの件で話し合うことがあり、蔵元で何度かお目にかかりました。神女雅様は何一つ怪しいことはありません。信じてください」

「大加那志、役人様はこのようにおっしゃっております。嘘でないことはこのわたしが保証します。よろしいね、大加那志」

太陽主は、誠心誠意、説得に努めた。

「分かりました。役人様。村長様。俺が悪かった。許してください」

大加那志は平身低頭、深く詫びた。

間髪を入れずに娘の美海が口を開いた。

「尊敬する父上様、命を落とさないでよかったね。片腕だけ折ってよかったね。そのことは、今後気をつけろ、と言う神の注意ですよ。嫉妬心は人の心を破壊します。母上様は神の心を持ったツカサではありませんか。父上様、信じてくださらないと母上様が余りにも気の毒ですよ。母上様は父上様を愛していますよ」

美海の凛々しい諭しに父親の大加那志は息を詰まらせた。

美海は合掌して神に向かった。

ナウマイ・フヤグミヌ・ミュウヴキ
（何もかも　大祖神の　御陰です）
ナカマヤシキヌカンヌ・ミュウヴキ
（仲間屋敷の神の　御陰です）
カンミガヌ・カナシャガマ・フガナス
（神女雅の　愛しい人　大加那志）
カンミガヌ・カナシャガマ・フガナス
（神女雅の　愛しい人　大加那志）

大加那志は、美海が神歌を唄い出すと声を立てて泣き出した。野鳥の囀りが神の森の深奥から聞こえる。大加那志は、立ち上がると一礼して神前広場を立ち去り、左腕をかばうようにして仲間道を通って行った。

村長仲間太陽主の死

寒い北風が吹いている。
風邪もはやっているようだ。

太陽主と月女雅が二人向かい合い、どこかしんみりした雰囲気で熱い茶をすすりながら語り合っていた。

「月女雅、長い間、世話になった」

「どうした、太陽主様。変だよ」

「風邪を引いたら、さまざまな症状が出ている。目がかすみ、耳も遠くなり、手足がしびれる。自分の力以外の力がはたらき及ぼしているように思われる。そろそろお迎えが来るかも知れない」

「風邪には気をつけましょう。私達の命は、生かされていると言うことも考えたいね。私達の命の中には先祖様が生きているのです」

「それは分かる。いつも月女雅に諭し聞かされていることだから分かる。そうではあるが、最近、不思議な力が僕の命をつかみ取っているように思われる。それは神の力だろうか」

「そうですよ。神が人の運命をつかさどっておりますよ」

「そろそろ大きな力の世界へ連れて行かれるかも知れないね。月女雅も子供達も孫達も親戚の人達も、島の人達も、皆元気だから思い残すことはない」

「太陽主様の心意は分かりました。二人の子供達も七人の孫達も親戚の人達も島の人達も皆元気に頑張っております。心配しないでくださいよ」

「長い間、本当にありがとう。思い残すことはありません。月女雅、皆と一緒に幸せに暮らしてください。あの世から守っていますよ」

それからまもなく、仲間太陽主は、大勢の島人に見守られ、仲間屋敷の一番座で眠るようにして、あの世の神の世界へ旅立った。
神女雅が祈祷を捧げ、神歌を高唱した。

フヤグミュウ　トゥユマシ
（大祖神を　響動《とよ》まそう）
ウタキヌカンユ　トゥユマシ
（御嶽の神を　響動まそう）
ナカマヌニーヌカンユ　トゥユマシ
（仲間の根の神を　響動まそう）
ティダシュウガンユ　トゥユマシ
（太陽主神を　響動まそう）

仲間太陽主の葬式は島を挙げて行われた。
蔵元の役人も参列した。
狩俣からも大勢の参列者があった。
女の人達の烈しい泣き声が島中に聞こえた。

「太陽主様！……」

ノッデがひときわ大声で泣き叫んだ。

「太陽主様！……」

ムサもひときわ大声で泣き叫んだ。

ノッデとムサの泣き声はいかにも合唱しているかの如く聞こえた。

片目の新村長仲間大主

おだやかな朝。上枡元東《あーぎますむとう》側の吟味座《ずんみじゃー》において部落総会が開催された。太陽主死後の村長を決める集会である。村の助役の大主と書記の大加那志が大勢の島人の前に立ち、書記の大加那志が司会を務めた。

「皆さん、集まってくれて感謝します。これから村長を決めます。意見のある方はどうぞ遠慮なく言ってください」

大加那志がそう言うなり、もぞもぞと手足を緩慢に動かしていたノッデが挙手して立ち上がった。

ノッデは巨乳を揺り動かして言った。

「大主様がいいと思います」

「僕も大主様がいいと思います」

ムサが挙手もしないで立ち上がって言った。

誰もしゃべらない静かな時が流れた。

「それでは、皆さんに手を挙げてもらいます。仲間大主様がいいと思う人は手を高く挙げてください」

大加那志が言った。いっせいに大勢の人の手が挙がり、部落総会の総意によって新村長に仲間大主が決まった。

「それでは新村長のご挨拶をお願い致します」

大加那志が大主の横顔を見ながら言った。

「皆さんに感謝申し上げます。新しい村長に選ばれた仲間大主でございます。わたしは、何よりも、皆さん一人一人が幸せになることを考えて、頑張りたいと思います。何か相談事がありましたら、遠慮なく、仲間屋敷に来てください。皆さんの生活が豊かになるために、この島が発展するために、全力を尽くして頑張りたいと思います。皆さんのご指導とご協力をよろしくお願い致します。皆さん、一緒に頑張りましょう」

新村長の仲間大主が片目を見開いて熱弁をふるった。

拍手喝采が巻き起こった。

早速、午後から仲間屋敷で大主の村長就任祝いが開かれた。神女雅が兄の仲間大主を祝って高らかに祈祷を捧げ、神歌を唄った。

ナウマイ・フヤグミヌ・ミュウヴキ
(何もかも　大祖神の　御陰です)
ナカマヤシキヌカンヌ・ミュウヴキ
(仲間屋敷の神の　御陰です)
ナカマティダシュウガンヌ・ミュウブキ
(仲間太陽主神の　御陰です)
ナカマフシュウユ・トゥユマシ
(仲間大主を　響動まそう)

神女雅の美声は、凛々しく、清らかに、響き渡った。

与那国《よなぐに》のオニトラの乱

一五二二年。おだやかな冬の日の夕方。狩俣の蛇入江《ツヴャンブー》を出た帆船がジグザグ航行を取って神島に向かって進んで来た。

村長の仲間大主とツカサの神女雅と神女の美海が仲泊の浜で待機している。

「あの帆船だね」と大主が言った。

「そうね。それでは安全渡海祈願をはじめましょう」と神女雅が言った。

神女雅と美海は砂浜に座って合掌し、呪文を唱えた。

その帆船に「四島の主《ゆすまぬしゅう》」こと百佐盛《ももさもり》と蔵元の役人が乗っているはずだ。百佐盛は狩俣の政治的支配者である。狩俣を出た帆船は風上の神島に向かって少しずつ進んでいる。右へ行ったり左へ行ったりしながらのジグザグ航行なので多少時間はかかるが、目的地の神島に向かって間違いなく進んでいる。

帆船は入江沖合まで来ると帆を下ろし、船頭が櫂さばきもあざやかに漕いで仲泊の浜に到着した。

見るからに偉そうな老齢の紳士が百佐盛である。

百佐盛は小柄な男で白い顎髭を長々と垂らしている。

若い男が蔵元の役人である。

「百佐盛様、蔵元の役人様、お待ちしておりました。わたくしが村長の仲間大主でございます。こちらの方がツカサの神女雅、神女の美海です。よろしくお願い致します」

大主は丁重に百佐盛と蔵元の役人を迎えた。

「出迎え、まことにご苦労であった。若い村長さんですな。本日は重要な相談があって参りました」

百佐盛は顎髭を撫でながら言った。

「ではこれから早速、仲間屋敷にご案内致します」

大主はそう言うと先頭を歩いて仲泊を上った。

仲間屋敷では村長の妻の海女雅が茶の準備をして待っていた。

百佐盛は、大主の案内で仲間屋敷に入って海女雅に挨拶するなり、にぎやかにしゃべり始めた。

「琉球王府の使令により、与那国の二代目酋長オニトラを征伐することになりました。征伐理由は、オニトラが琉球王府の行政方針に反旗をひるがえして人頭税の滞納を強行していると言うことです。オニトラは、強制的搾取の人頭税とわめいて反対しているわけですな。それでわが宮古から仲宗根豊見親軍が参戦することになり、海技に優れた兵士を探しているわけです。そこで神島の優秀な青年を二人ご紹介願いたいと思っているわけですが、わたくしは一睡もしないで苦悩しております。出来得るものならオニトラ征伐に反対したいのですが、反対すればわたくしの首が飛ぶことになります。そうなるとわたくしの家族は、一家の主人を失って路頭に迷うことになります。もう少し付け加えるなら、実は、オニトラは善政を敷いて島人の見方なのです。悪人のオニトラを召し取れ、と風評は騒いでおりますが、オニトラは悪人どころか善人です。頭脳明晰な大巨人で心優しい善人で働き者ですよ。わたくしの真意はオニトラの見方です」

百佐盛はそう言うと茶をすすりながら苦悩の色を濃くした。

「百佐盛様、ほかに何かありませんか」

百佐盛の話にじっと聞き入っていた神女雅が強い口調で言った。

「さすが、人一倍霊感の鋭い神女雅様。わたくしの胸の内は見抜かれておりますな。分かりました。よく分かりましたよ。心苦しい話になりますが、話しましょう。与那国酋長のオニトラは、実は、わが狩俣生まれの人間なのです。幼少の頃与那国商人に買い取られて与那国へ連れて行かれました。わたくしは、このオニトラを殺したくないのです」

百佐盛はそう言うと泣き出した。

「百佐盛様、蔵元の役人様、船頭様。何のおもてなしも出来ませんが、今夜はこの仲間屋敷にお泊まりください」

大主はそう言うと海女雅に酒と食事を用意させた。

「申し訳ありません。ご厄介をかけて。ああ、船頭さん、船に酒があっただろう」

百佐盛がそう言うと船頭は笑顔になって、はい、と言った。

大主が心配顔になって言った。

「そうですか。それは知らなかった。なるほど。与那国酋長のオニトラは狩俣の生まれですか。狩俣は太古から親類のようなものです。オニトラが身内のように思われます」

蔵元の役人も苦悩の色を隠し切れない様子だった。

「わたくしも、狩俣生まれなのです。それで困っております」

役人が思い切ったように言った。心苦しそうだ。

そこに、海女雅が自家製の粟酒とシャコ貝の刺身と魚汁とイモと握り飯を出した。隣家から大加那志がやって来た。

日が暮れた。多少風が出て来たようだが寒くはない。仲間屋敷は絶壁のタカラビラの西側にたたずんでいるので無風状態に近い環境である。先祖がこの立地の地域を選んで住みついたのである。

翌日、晴れ上がった朝を迎えた。

大主と大加那志が百佐盛を送って仲泊の浜へ降りていると、二人の青年がやって来た。海技に優れたケザとゼンであった。

大主が辛そうな表情を見せて言った。

「百佐盛様、蔵元の役人様、兵士の件で話があります。八重山のオヤケアカハチの乱では、このわたしと従弟の大加那志が兵士として参戦しました。この経験をいかしたいと思いましたが、このわたしは、その後の不測の事態によって、ご覧の通り、こうして片目になりました。大加那志は左手を折りました。これでは足手まといになるだけです。まさしく幸いにも、二人の青年が渋々ではありますが、承諾しました。こちらにいるケザとゼンです。この二人は海技に長じて優秀な海の男です」

大主の表情には苦悩の影が射している。

「ありがとう。村長の大主様。あなたの心苦しさも十分に理解出来ます。ケザさん、ゼンさん、狩俣の百佐盛でございます。二人の参戦に深謝致します。怪我をしないで元気にお帰りくださいよ。無事の生還の暁には村長様ともよく相談してそれ相当の地位に就くように取り計らいたいと考えております。出陣の日が決まりましたら連絡します。今しばらくお待ちください」

百佐盛は親しみ深く言ったが、どこか弱々しい口調であった。

百佐盛の顔にも苦悩の色が見える。

百佐盛の苦悩の陰にはもう一つの影が射しているように大主には感じ取れた。

百佐盛と役人の乗った帆船は北風を孕んで狩俣へ向け走って行った。

巷間の噂によると、百佐盛は与那国のオニトラの乱に参戦しなかった。

フナクス瀬戸の埋め立て

一五二五年初夏。大潮の日を選んで百佐盛が神島視察にやって来ることになった。その目的は、村長の仲間大主の依頼を受けてフナクス瀬戸の埋め立てに関する視察であった。

フナクス瀬戸を埋め立てて二島から成る神島を一島にすべく計画が推進されているのだ。村長を中心にフナクス埋め立て事業計画が練られ、部落総会の総意によって確定したのである。

仲泊の浜から一隻のサバニが出て入江沖の離れ岩の東側にとどまった。

村長の大主、大主の長男の大親、ツカサの神女雅と神女の美海の乗ったサバニが待機していると、狩俣を出た帆船が帆をふくらませて海狭を走って来た。百佐盛が乗った帆船であった。神女雅と美海がサバニの上で渡海安全祈願を行った。

狩俣を出た帆船が進んで近づいて来ると、大主の乗ったサバニが水先案内を務め、神島を二島に分断している入江を北方向けて進んだ。そのあとから百佐盛の乗った帆船がゆっくり追っている。

大主の乗ったサバニは、長崎の先端《ながっしぬとぅがい》を右折し、潮手崎前《すぅーてぃだつ》を漕ぎ、魚を捕るために積み並べられた石垣に注意をはらいながら漕ぎ進んでフナクスに到着した。ゆるやかに追跡して来た帆船も着いて乗船者が三人上陸した。

老齢の紳士が百佐盛である。小柄な男で白い顎髭を垂らしている。

大主は雑木を掻き分けて平地にたたずむ百佐盛に接近した。

「百佐盛様、ようこそおいでくださいました。お待ちしておりました。久し振りですね。簡単に紹介しますと、こちらの方がご存知のツカサの神女雅と神女の美海です。若い男は、わたくしの長男で大親です。よろしくお願い致します」

大主は堂々として、朗々としゃべった。

「出迎え、まことにご苦労であった。目の前の、この瀬戸を埋め立てて陸地化すれば神島は一島と成って利便性が高まり、島の発展が約束出来ますな。ご承知のように、埋め立て工事そのものは困難なものではありませんが、工事関係の指導者を派遣しますので、早速着手してください。工事作業中、くれぐれも安全第一をこころがけて怪我人が出ないように万全を期してください。埋め立ての成功と島の発展を願っておりますよ。ところで、村長様。わたくしには別の考えもあります。夢物語として聞いてください。神島の未来を構想すると、現状の二島のままでいいのではないか、と言うことです。あっ、聞き流してくださいよ、大主様」

百佐盛の力強い弁舌であった。

百佐盛は特に「二島のまま」を強調した。
やがて神女雅と美海の工事安全祈願が始まり、神女雅が神歌を唄った。

テイダガナスヌ・ミュウヴキ
（太陽神の　御陰です）
フナクスヌカンヌ・ミュウヴキ
（船越の神の　御陰です）
スマヌニーヌカンヌ・ミュウヴキ
（島の根の神の　御陰です）
ユスマヌシュウモモサモリヌ・ミュウヴキ
（四島の主百佐盛の　御陰です）

それから三日後に、フナクス瀬戸の埋め立て工事は着手され、大勢の島人が無料奉仕作業として従事した。土手の長さは約三十六メートル、幅員約九メートル、高さ二メートルの瀬戸が島人一丸の結い作業によってみごとに埋め立てられた。
太古の昔々から島人は危なげな渡りの石橋や丸太橋を通って神道原《かんつばい》と池間原《いきまばい》を往き来していたが、この二島の陸続きによって一島となった恩恵を受けることが出来るようになった。

フナクス瀬戸の埋め立ては島創成以来の歴史的革新的一大事業であった。これを機に百佐盛の名声は一段と響動むようになった。

神になった仲間豊見親神女雅

仲間豊見親神女雅が行方不明になって時が経った。宮古蔵元の役人と蒸発したとか、狩俣の百佐盛に囲われているとか、琉球王府に上った帰りに海難事故に遭遇して行方不明になったとか、これらの風聞が止むことはない。

神女雅がいなくなった神島の神事や祭祀は、神女としての実力が高く評価される娘の美海が取り仕切るようになっていた。美海は神女雅に優るとも劣らぬ実力の持ち主なのだ。

美海が御嶽で祈祷を捧げていると一羽の小鳥がどこからともなく飛んで来て神木の梢に止まった。青い小鳥のアウマチャは、鳴くでもなく囀るでもなく、ただ梢に止まってじっとしているだけだった。

突如として美海の脳裡に霊感が湧いた。一瞬のうちに何事かが閃光の如く走り抜けたのだ。そうすると神木の梢に止まっていたアウマチャの姿もその場から消えた。美海は一体何事が起こっているのかと混乱した。そのうちに眩暈の襲来を受けた。

ナウマイ・フヤグミヌ・ミュウヴキ

（何もかも　大祖神の　御陰です）
ワッシュー・トゥミダウリヨー
（わたしを　探さないでくださいよ）
ワッシャー・タルンマイッサイントゥクヌン・ウイ
（わたしは　誰にも知られない所に　居ります）
ワッシャー・タルンマイッサイウイトゥクヌン・ウイ
（わたしは誰にも知られている所に　居ります）

夢の中の遠くから神女雅の唄う神歌が聞こえた。
美海は無意識のうちにのっそりと起き上がり、禁断の神域に闖入して歩き出した。あのアウマチャ（青真鳥）が再びあらわれて、一声唄い、先導するかのように美海の前方を枝から枝へ移りながら飛んで神の森の深奥へ向かって進んだ。

酋長

惨敗兵の野望

戦は終わった。

マサリは死力の限りをつくして闘った。

その決戦は根間村の人徳者目黒盛《めぐろもり》との戦であった。マサリは完敗した。あまりの悔しさに涙も出ない。けれども、胸の奥深く秘めた夢の火種まで消されたわけではない、とマサリはつぶやきながら意識を失っていった。

マサリは夢を見た。

母と思われる人を、どこまでも追いかけ、船が見える海岸道を走っていた。その母らしい人が未知の男に手をひかれて船に乗り込み、うしろもふりかえらないで海のかなたへ去ってしまうと、母上、母上、と声の限りをつくして泣きさけんだ。もうどうにもならない、母上は自分のもとから消えてしまった、と海辺で泣いた。気がついたら祖母らしい人がかたわらに立っていた。

全身が焼けるようにヒリヒリ痛む。マサリは夢から覚めると烈しい痛みにたえながら野に寝そべったまま上空を見上げていた。青空に、雲頂がむくむくとまるい入道雲とイワシ雲がびっしり詰めて浮かんでいる。悲しい思いを内攻させているとやがて上空は暗涙でぼやけた。

マサリはやっとの思いで身体を起こし、ああ、助かったか、と口をゆがめながらつぶやいた。マサリは、弓引きの名人としても名高い目黒盛が放った矢をさけるために、意図的に落馬したところ、向こう見ずの暴れ者に棒切れでたたきのめされて全身打撲の重傷を負った惨敗兵なのだ。

ときは、一三六五（正平二十）年、初秋の暮れであった。

マサリは、相棒のトノマツと二人の女に介抱されて馬に乗せられ、東仲宗根《ひがしなかそね》の与那覇村《よなはむら》へ向かった。マサリは祖母と二人暮しだったが、今は単身の人生だ。祖母は何年も前に八十歳で天寿をまっとうした。

マサリに名はなかったが、巷間で噂のぬきんでた優れ者なのでだれかがマサリと呼ぶようになって通称マサリに定まった。じつのところ、マサリは、実名不詳、父母不詳の身の上なのだ。

「頭《かしら》、大丈夫…。わたしがついていますよ」

馬の手綱を持って前方をゆっくり歩く白装束姿のコイメガがふりかえって言った。小太りのコイメガは、ときどき立ちどまっては野草のヨモギを手早く摘んでいる。コイメガは、戦場でもヨモギを摘み、石で打ちたたいてから強く揉み込んで液汁を出し、マサリの身体の出血部位に塗り込んだ。

「コイメガ、感謝、感謝だよ。私はね、いま死ぬわけにはいかんのだ。考えていることがあるよ。だれにも果たされなかった大事業を成し遂げなければ死ぬにも死ねないよ」

馬上のマサリは顔をゆがめながらも力強い口調だ。

「頭、大丈夫ですよ」

馬の右側をのっそりと進むトノマツが言った。日焼けもしないで色白の男である。彼もまた出生の秘密のヴェールにつつまれた男だ。

「大丈夫ですよ、頭」

馬の左側をチョコチョコ行く小柄なマサメガが言った。


マサリは与那覇村の家へ帰って爆睡中にも夢を見た。

馬の尻をたたいて宮古島をくまなく駆けめぐる夢だ。

ひた走る馬上から矢をとばして人を打つ夢だ。

村に火を放って焼き捨てる夢だ。

数知れない悪の夢なのだ。

ほかに泣ける夢も見た。

物音を聞いてマサリが寝床で夢から覚めたまま横たわっていると視野のなかにコイメガの姿があらわれた。マサリは、安堵感をおぼえ、長い黒髪の柔和な顔つきのコイメガを見つめた。丸型の顔におおきな目がひらいている。紅色のふっくらした唇が艶めかしい。その魅惑的な唇を一度試しに口吸いしたが、内心を見抜かれ、戯れに人前は駄目よ、と強く注意されて力を落としたことがあった。

コイメガは鋭い才知の持ち主だ。常に落ち着きはらった女で、何事にも微動だにしない性格ではあるが、厳格なかたくるしさはない。ときにはおもしろい冗談の花を添えることばのセンスも持ち合わせている。

「頭、魘されていましたよ。悪い夢でも見たのですか」

コイメガが日焼けして浅黒いマサリの顔をのぞき込み、ヨモギの煎じ汁の入った青磁の碗を、さあ、飲んで、とささやくように言って手渡した。マサリが爆睡中に咳込んでいたのでコイメガはヨモギの煮出し汁をつくっておいたのだ。ヨモギは咳止めや痛み止めに効き目があると昔から伝えられている。

「このヨモギは苦いね。ああ、コイメガ、ここにずっといてくれたのか」

マサリは、ヨモギ汁を一気に飲み干すと、あっ、痛い、と身体をよじりながら言った。

「そうですよ。頭はいかにも死んだように三時間も眠りこけていましたよ。つらそうな表情もして…。頭を一人残してどこへも行けませんよ。いつでもわたしがついていますから安心してくださいね。わたしの勝手な思いつきだけど、元気になったら、どこか別のいいところへ引っ越しませんか。心機一転の気持ちよ。どうですか、頭」

おとなしく口数の少ないコイメガにしては饒舌な口調だ。じつはコイメガにとってそれは求婚にひとしい話であった。

「わかった、コイメガ。それでよい。私もそのことを考えていたよ」

マサリがゆがんだ笑顔になって言った。ひょっとしたら、とマサリはそのようなことに気づいてはいたが、照れくさくて結婚問題には触れなかった。

「ところで、頭、ほかにも夢を見たのですか」

コイメガがまたマサリの顔をのぞき込んで言った。

「はい。どうしてわかるかね。ああ、泣ける夢だよ」

マサリが悲しそうな顔つきになって言った。

「はい、わかりますよ、頭のことは、何でも…」

コイメガが笑顔になって言った。

「コイメガ…。いや、これは夢ではないかもしれない。ほかのこともそうだが、夢と現実が入り混じっているように思われる。何が夢で何が現実かよくわからないよ。聞いてくれるか、コイメガ。じつはね、馬上から勢いよくとばした矢がすべって小さい子を抱いた母親の背中にあたってしまった。私は、ああ、大失敗だった、と叫んだよ。もうあとの祭りだね。死んでいないことを神にひたすら願うだけだ。私は決心した。弓引きをやめることにしたよ」

マサリは涙声だ。息苦しそうに言ってはいるが、コイメガの献身的な世話もあって元気を回復した。

「わかりました、マサリ。それがよろしいと思いますよ。頭は自身の母親に対して憎しみを隠し持っていましたね。見たこともない母親を殺してやりたいと本気に思っていたね。無意識の底に貼りついた母親に対する憎しみの黒い牙が無謀な行動へはしらせる要因のひとつにもなっていたかもしれない。頭、小さい子を抱いた母親は死んでおりません。幸いにして、頭がとばした矢は急所をはずれました。母子ともに無事ですよ」

コイメガは明るい情景を見ているかのように言った。

「コイメガ、感謝だ。そうか…。いずれその母子に逢うことがあったら心から詫びるつもりだ。体調がととのったら新天地へ移住しよう。私はね、白川《つさか》あたりがいいと思っている。コイメガはどうかね」

マサリが言った。力強い口調だ。何かがふっきれたかもしれない。

「はい。わたしも白川が好きですよ」

コイメガは華やかな笑顔になって言った。コイメガは、母親的な、姉《あね》さん女房的な口ぶりであった。

実際、コイメガは二十二歳でマサリに二歳年上なのだ。

マサリの健康回復を待って二人は新天地へ向かう決心をした。二週間もすればマサリは何の障害もなく普通に歩けるようになった。コイメガはガジマルの株やアワやイネやイモやムギや野草などを袋に入れて再出発の門出を待った。

与那覇マサリ、二十歳。どこから見ても容姿端麗な男だ。人並み以上にデカイ頭の持ち主でもあり、目立つ風貌だ。優れた能力の持ち主で世人のおよばない言動に出ることもある。何よりもマサリは、馬をとばしながらも獲物の野鳥を狙えば百発百中の弓引きの名手なのだ。目黒盛に優るとも劣らぬ技であろう。

マサリとコイメガは、とりあえず、マサリの日用品とそこらへんをよちよち歩いているニワトリをマサリが数羽捕まえて馬に乗せ、住みなれた家屋はそのまま残し、仲間とともに、東方へ、東方へ、と幸いを探しもとめて進み、清らかな湧水のながれる白川の東部地域にひとまず新居を構えることにした。

マサリは、コイメガに胸のうちを明かす決心をした。

「コイメガには姓名がなかったね。これからは与那覇コイメガだ」

マサリは何の緊張感も抵抗感もなく率直に言った。

「ありがとう、マサリ。もしいやだ、と言ったら…」

「いやだと言っても、コイメガは私の妻で与那覇コイメガだ。私は心からコイメガを愛している」

「意地悪言って、ごめん、ごめん…。そのことばが聞きたかったわけ。女はいつでも愛のささやきを待っているものですよ。マサリの気持ち、よくわかった。じつはね、あの戦のときから、わたし、与那覇コイメガだよ」

「そうだったのか。知らなかったよ」

「わたしは、マサリが大好きで尊敬していますよ。だからね、根間村の裕福な男達にいくら誘われても応じませんでした。マサリ一人を愛しているからね。マサリは、煩悩の魔手にあやつられて、弓で人を打ち、村に火をつけたが、その悪業はもう終息だ。マサリは宮古島統一に失敗したけど、いずれこの宮古島を救う仁者になりますよ。仁者の愛は深いから誰とまじわっても敵はいない。マサリはもともとそのような人物だよ。マサリ、がんばれ！」

「感謝だ、コイメガ。私の支えになってくれ」

「はい！…」

こうしてマサリとコイメガは、夫婦の契りを結び、人生の再起にのぞんだ。

目前におだやかな白川湾がひろがり、マサリの夢は広大無辺の大海の彼方へのびる。毎朝毎夕、海をながめやって夢の火種を醗酵させているのだ。またときには西部海岸を目指して馬をとばし、荷川取《んきゃどぅら》の嶺へ攀じのぼって東シナ海をぼんやりながめやるのである。まだ小さいときに、親類縁者のオジさんのような、ときには父親のような、サタ・ウプントゥに連れられて何度もここにきたことがあり、北風に帆をふくらませて波立つ東シナ海からやってくる船を人影のない入江で何度も迎えた。そのサタ・ウプントゥは、目黒盛との戦のあとにどこかへ消えてしまってその姿は見えない。このサタ・ウプントゥこそ、目黒盛との戦に火をつけた犯人ではなかったか。

マサリは白川浜《つさかひだ》に若者を集めて大航海のロマンを語りはじめた。

「皆さん、集まってくれて感謝だ。これから夢物語を話してみたいが、いずれは実現の運びへ持っていきたい。皆さん、宮古島に閉じこもっていては井の中のカワズだよ。海の彼方に豊かな大国がある。それはまちがいない。大国にわたって見聞をひろめ、宮古島を立て直して平和な島にしたい。毎日のように四方八方で生起している小競り合いをやめさせなければならない。大国と親交を結んでおれば宮古島統治を助けてくれるだろう。しかしその関係は、政治的従属ではない。われわれは、大国の政治や文化の刺激を受けながらあくまでも自力で物事を成し遂げることを考えたい。宮古島内の顕在力や潜在力だけでは改革は困難だ」

マサリは一気にしゃべった。じつに明るい弁舌だ。小柄なマサリが大きく見える。デカイ頭のなかで何かが起きているのだ。マサリは大海へ乗り出して未知の大国を目指す考えを持っている。マサリは宮古島の歴史上稀なる勇猛果敢《ゆうもうかかん》の野心家をイメージさせる人物だ。

マサリの話は進む。

「方々の村でいつまでも小競り合いばかりが起こっていては宮古島の発展はないよ。この宮古島を平和で豊かな島にしたい。目黒盛との戦に惨敗し、宮古島統一は失敗に終わったが、皆さん、よろしいですか。この与那覇マサリの人生が終わったわけではないのだ。これからだよ。皆さん、宮古島の救世の仁者になることがこの私の最大の夢だ。魂の弓は捨てられないが、今後人殺しの弓を引くことはない。神々が宿る白川でかたく誓いますよ。皆さん、この私を信じてついてきてください」

マサリは雑木林のなかの質素な新居へ帰り、多忙な農作業から帰宅したばかりのコイメガにも話した。

「よくわかりました。いずれこのようなことを言い出すだろうと思っていましたよ、マサリ。そのときは白川浜から出帆してくださいね。わたしも神女の皆さんとともに、安全航海の祈願をこの白川浜で執りおこないます。わたしが未来世を夢想すると、南風をはらんで帆をたてた宮古船が颯爽と走っていますよ。大勢の人を乗せ、大海原を勇壮に走りぬいていますよ。夜が明けると船の舳先の向こうにあこがれの大国が燦然とかがやいてあらわれますよ。奇跡的な情景ですね、マサリ！」

コイメガの口調は、書いてあるものをとどこおりなく読んでいるように聞こえる。マサリの口元はきりっと引き締まっていた。

久米島のケザ主《けざしゅう》との出逢い

マサリとコイメガが与那覇村から新天地の白川に移り住んではやくも二年が経ち、夏が過ぎてさらっとした肌触りのいい秋風が吹くようになると、渡り鳥のタカの大群が澄みわたった青空を黒く染める季節となった。

おだやかな夕暮れ、マサリとコイメガがカヤを刈ってきて家屋の修理をしていると、近所に住むマサメガがタコやカイやサカナを持ってやってきた。マサメガは、コイメガと一緒に米作りやイモ作りなどの農作業や植樹にはげむ働き者だが、白川湾の潮の干満を見計らっては海岸を歩きまわって潮干狩りもしている。白川村では漁で得た獲物は地域住民に配分される慣わしだ。マサメガが笑顔でコイメガと談笑していると、地域の女達もやってきた。

「与那覇頭《かしら》、あの崎の向こうに、見る影もない難破船の残骸が風雨にさらされていますよ。大きな船ではありません」

マサメガが北の方角へ左手を向けて意気揚々としゃべった。

「わかった、マサメガ。早速明日にでも確認に行こう。まずは、その船に関する情報を集める必要がある。生き残った人はいるのかいないのか。手分けして近隣の村々を調べよう」

マサリの反応は早い。

その翌日の昼過ぎ、トノマツと数人の青年達が与那覇宅に小柄な年寄りを連れてきた。精気を失った顔つきだが、どこか品格の高い情調がただよっている。日焼けして黒い肌色だ。おおよその年齢は四十位か。もう少し若いかもしれない。痩せほそってふらふら歩いている。

「わたくしは久米島仲里《くめじまなかざと》のケザでございます。久米島から親子三人漁に出ていたが、嵐に遭遇して翻弄され、宮古島に漂着した。長男と次男は海に投げ出されて行方不明だ。とても悲しい」

ケザはゆっくり話して泣いた。

ケザは宮古島のことばを解して、聞き取り、たどたどしいながらも話すことができる。何でも父親が宮古島系統の人だったらしい。

「そうですか。それは大変でしたね。私は与那覇マサリです。よろしくお願いします」とマサリが言った。

「こちらこそよろしくお願いします。久米島には妻と娘がいる。自分の船で久米島へ帰りたいが、とても困難だと思います」

ケザは涙ながらに訴えた。

「ケザ主。初めて久米島のことを聞きますが、久米島がどこにあるか、まったくわかりません。久米島まで一緒に行ってもよろしいが、その前に船の破損具合を確認して修理の必要があれば修理しなければなりません」

マサリがケザ主の窪んだ目を見据えながら神妙な面持ちで言った。

「そうですか。それはありがたいことです」とケザ主が言った。

早速、ケザ主とマサリとトノマツが難破船の確認に出向いた。

岩上から波立つ海岸を見下ろすと、小型船が強風に煽られ、荒波をかぶってあぶなげに揺れ動いている。

「だいぶ痛んでいるな。修理は無理だ」

トノマツが言った。トノマツは人並み以上の大工技術を持っている。

「そうか…。修理は無理か」

マサリが残念そうに言った。

「修理が無理なら仕方ありません」

ケザ主は即座にうなだれた。その弱々しい声には無念のひびきがあった。

「ケザ主、今晩、我が家でイッパイ、どうですか」とマサリが言った。

ケザ主はマサリの誘いをただちに快諾して与那覇宅に泊まることになり、マサリは、海外状況をケザ主に聞く絶好の機会を得た。

「ケザ主、宮古島のはるか彼方に存在する大国はどんな国ですか」

マサリが身を乗り出して言った。

「わたくしは、その大国へ何度も渡ったことがあります。大国とは沖縄島浦添《おきなわじまうらそえ》の王統が支配する中山《ちゅうざん》国《こく》のことで中山王《ちゅうざんおう》が浦添城を拠点とした大国です。その城は石垣につつみかこまれ、そのなかに、豪壮な瓦葺きの建物があります。中山王は偉い王様で、昔からシナとも朝鮮とも交易していますよ」

ケザ主が言った。理路整然と話すケザ主は頭脳明晰な人物である。

マサリとケザ主は粟酒を酌みかわしながら話している。

「久米島はどうですか」

マサリは関心が強い。好奇心の旺盛な男なのだ。

「はい、以前から、さまざまな海外船の出入があります。飲料水供給に適した島ではないかと思いますよ」

ケザ主が言った。視野のひろい見識が伝わってくる。

「そうですか。勉強になります。シナのことも朝鮮のことも久米島のこともさっぱりわかりませんが…。ところで、ケザ主、その大国で日常使っていることばはどんなことばですか」

マサリの興味はつきない。

コイメガは、マサリのかたわらに座り、首を下に動かしてうなずいている。

「はい、与那覇頭、大国の人々が使っていることばをわたくしはある程度理解できます。話すことも聞くこともできます。久米島のことばと大国のことばはどこか似ているところもありますが、色々違います。宮古島のことばも違います。ことばは、島によって、地域によって、さまざまに違うと思いますよ」

ケザ主が言った。ケザ主は学識豊かな人物である。

「なるほど。わが宮古島のことばも違うわけですね」

マサリは興味津々だ。

「はい、まったく違いますよ」

ケザ主は諭すような口調である。

「ケザ主、よろしかったら、久米島のことばを少しでいいですから、話してもらえないでしょうか。お願いします」

コイメガが笑顔になって言った。

ケザ主は、コイメガに答えて、即座に久米島のことばでしゃべった。

コイメガもマサリも久米島のことばを初めて聞いて感激し、好奇心をたかぶらせたが、さっぱりわからない、と二人とも笑顔を以てその感想とした。

すかさず、ケザ主は、宮古島のわかることばで言った。

「お世話になって、ありがとうございます。よろしくお願いします」

ケザ主はそう言って頭を下げた。

「こちらこそ、ありがとうございます。よろしくお願いします」

コイメガが言った。コイメガは、女の直感で、このケザ主は、ただの人ではない、と思っている。

ケザ主の話を聞き、その態度を見て、コイメガは、先程来、そのように思っているのだ。

トノマツ夫婦があらわれた。トノマツはマサメガを妻にした。

ときはおだやかな夕暮れの刻であった。

厄を病むマサリ

春の陽射しがさわやかな夕暮れであった。

コイメガは白川田《つさかだー》の農作業から帰宅した。

コイメガは、マサメガと一緒に、米作りやイモ作りのかたわら、ウイキョウ、ウコン、ニラ、ニンニク、ヨモギ、ラッキョウなどの健康に役立つ野草の栽培にはげんでいる。

「マサリ、帰ったよ」

「ご苦労さん！」

マサリは横になったまま籠ったような小声で言った。マサリはこのところ体調を崩している。ここ一年以上も健康回復は見られない。昔から万病薬と伝えられるニンニクなども食べているが、その効き目はあるのかないのか。実感的に感じ取れない。夜はなかなか寝つけないし、食欲は減退し、烈しい発作性の偏頭痛は苦悩のタネだ。胃腸も不調で寒気もおさまらない。

「ウイキョウを煎じたから飲んでみて…。となり村のカニメガオバアが教えてくれたけど、全身を温める効果があるらしいよ」

コイメガは、そう言って、ウイキョウ汁を入れた青磁の碗を、横になっているマサリのかたわらにおいた。マサリはすぐにそのウイキョウ汁を飲み干した。

その夜、マサリは熟睡し、夜明けとともに下半身の力強い勃起をおぼえて久しぶりにコイメガを抱いた。二人とも熱く燃えた抱擁だった。

与那覇《よなは》大親《ふうや》の誕生

コイメガは妊娠していた。毎月の生理がとまって半年過ぎた。白川田で偶然逢ったカニメガオバアの話によると産み月は十二月で胎児はすくすく育っている。そのときには駆けつけるから連絡しなさい、とカニメガオバアは言いそえた。

「コイメガ、身体を大事にして、無理しないように…」

マサリは寝床を抜けて座り、コイメガの腹部にさわったりしている。

「大丈夫よ、マサリ。では行ってくるね」

コイメガは妊娠しながらも気丈夫に農作業へ出かけるのだ。マサリは起き上がってコイメガのうしろ姿を見送りながら目頭を熱くした。熱血溢れる勇猛果敢の面影はどこにもない。いまやマサリはひ弱な小男に過ぎない。

十二月の寒い昼過ぎ。いつものように昼寝していたマサリは、かたわらで横になっているコイメガのうめき声を聞いて目覚めた。

「コイメガ、大丈夫か」

「子が生まれる。やがて生まれる」

マサリはとび起きると馬にまたがってとなり村へ向かい、カニメガオバアの住処を探しあてた。

「カニメガオバア、子が生まれます。はやくお願いします」

マサリはカニメガオバアを半ば強引に乗せた馬をとばした。

マサリは無我夢中だ。

コイメガは陣痛の苦しみをうめきつづけている。

「はい、このコヤスガイを強く握りなさい」

カニメガオバアが美麗なコヤスガイをふところから二個出してコイメガに握らせると、まもなく、
泣き声とともに赤子があらわれた。

「りっぱなマラがついた男子だよ。湯を沸かし、ぬるま湯にしなさいね」

カニメガオバアが言った。

マサリはすぐに湯を沸かしてオオジャコガイの盥《たらい》にそそぎ入れて水も足した。

生まれたばかりの小さ目の男子をカニメガオバアが両手で持ち上げて盥の産湯へ入れたが、表情一つ変えないばかりか、産声をあげただけで泣かないのである。一風変わった子だ、とカニメガオバアは不思議がった。

「第一子の誕生だ。長男だから名前はフウヤだね。コイメガ、ありがとう」

マサリの顔はやわらぎながらも力がみなぎっている。精気をとりもどし、食欲もすすみ、もともとの力強い言動にもどった。

「カニメガオバア、どうしてコヤスガイを握らせる?」とマサリが言った。

「コヤスガイは安産の神様だよ。昔から、そのように伝えられているさー」

カニメガオバアが言った。晴ればれとしている。

まもなく近所のトノマツ夫婦をはじめ、村人達が老若男女出入りしてフウヤの誕生を祝った。

大国の夢

マサリはトノマツとケザ主を自宅にまねいた。昼過ぎの刻である。

三人は粟酒を酌みかわしながらざっくばらんに話した。

「この白川に移り住んで十年経った。生活に追われ、体調不良など、色々あって、大国の夢は中だるみ状態になっているように見えたかもしれないが、忘れていたわけではない。あの頃は戦の痛手を負い、しかも血気に逸って思慮分別を失っていたかもしれない。ところがじつは、ぶっちゃけて言えば、悲しいことだが私の夢は破れていたよ。その経験によって、夢はなくても生きられることを実感的に知った。それはそれで勉強になったね。はやいもので私は三十歳になったわけですが、その間も、いたるところで起きている小競り合いが止む社会情勢はない。やはりこの島を統一しなければならないよ。新たに決意し、私はまた夢見るようになった。夢の火種は消えないで温存されているよ。夢は内に秘めておくと育って力になることも実感した。そのうちに、必ずや、啐啄《そったく》同時の時機がやってくるだろう。それを私は信じている。私自身の能力を信じて疑わない」

マサリの巧みでさわやかな弁舌であった。

「頭《かしら》、よくわかります。夢はなくてもわれわれは生きられますが、頭、これからです。その夢は、頭の偉大なる志と情熱にあたためられて醗酵する時機を待っていると思いますよ」

マサリはトノマツに発破をかけられた思いだ。

なかなかのことをいうな、とマサリは感心した。

「はやいものであれから十年経ちました。わたくしは老いぼれてはいるが、気力はまだ充分ありますよ。人生のしめくくりを考えています。何か役に立つことがあれば何なりと…」

ケザ主は確かに歳を取っているように見えないこともないがいたって健康そのものである。

「保良《ぼら》近くの荒磯に大型船が漂着して風雨にさらされている。まずは関係者を探し出して話をしなければならない」

トノマツの情報である。

「なるほど…」とマサリが言った。

「まずは関係者を探すことですね」とトノマツがあらためて言った。

トノマツもケザ主も、雑談後、夕暮れ前に帰って行った。

マサリはしばらく沈思黙考した。

与那覇家の苦悩

愛情をそそいで育てているフウヤではあるが、成長するにつれてどこか様子がちがってきたように思われる。手足にかるいしびれの知覚麻痺が発症し、怪我しても、どこの肌をつまんでも、痛くもなければ痒くもないと言うのだ。そのうちに見たことのない紅斑が顔面や腰の後下部あたりにあらわれるようになった。

「コイメガ、フウヤのことが心配でならない。怪我しても痛くないと言うのはおかしいよ、誰が考えても…」

マサリは深刻な表情だ。

「はい…」

コイメガの声は弱々しい。

フウヤは白川田で知り合った友達と遊んで帰っても暗い顔をして沈んでいるのだ。十歳にもなれば女友達ともめぐりあっているようだが、いつも気が塞いでいるようで親に対して反抗的な態度を見せることもある。

フウヤの皮膚病はいくら手をつくしても完治しない。皮膚病に効き目があると昔から伝えられるヨモギやガジマルの葉っぱを煎じて飲ませても全然治らないのである。

「コイメガ、困ったね。いつも、いつも、フウヤのことが心配でならないよ」

「カニメガオバアに厄払いをお願いしたい。明日にでも…」

「わかった、そうしよう」

その翌日、マサリとコイメガはカニメガオバアを訪ねた。

「フウヤは、不運の星のもとに生まれた。それは抜きさしならない因縁によるものだが、一族の未来は、宿命的なめぐり合せにより、後世にわたって末永く栄え、その名声を歴史にとどめることになる」

カニメガオバアは、全身をふるわせ、厄払いの儀式を執りおこなった。

マサリとコイメガは暗い顔をして無言のまま帰宅した。

村の巷間ではすでに悪評が入り乱れていることを二人はしらない。

「フウヤー、クンキャ！」（大親は、癩病者！）

フウヤはこのように噂されているのだ。

土俗語の、クンキャ、と言うことばを聞くと、人はその場に凍りつく。

与那覇家前を通る人は疾風の速さで駆けぬけてしまうのだ。

フウヤは、世間の冷え切った針の視線につき刺されて、深い自己疎外感にさいなまれるようになった。

フウヤの独立と悲運

フウヤはどこかマサリに似て容姿端麗な青年となった。二十歳前に別居して人里離れた白川湾西部地域に隠棲した。フウヤ本人の希望でマサリもコイメガも同意した。奥深い山中の小屋はマサリとトノマツがアダン木《あだんぎー》とカヤでみごとに造りあげた。見映えのいい住処でゆうに三人は楽々と暮らせるひろさである。

フウヤは体調のすぐれるときは海へ出て漁労にはげみ、白川田で農作業もしている。遠くない地域にゆたかな湧水があるので水に困ることはない。食べ物は毎朝毎夕、父親のマサリが馬をとばして運んでいる。ついでにマサリは、与那覇村の旧宅に立ち寄ってフウヤの注文のものがあれば持ち出してとどけるのだ。

「オトウ、いつも感謝です」

フウヤはいつもの常套句を気負いなく言って笑顔になる。

「元気が一番だ、フウヤ。神が未来にわたって必ず助けてくれる」

「はい。ありがとう。オトウ、話があります」

「何でも言いなさい」

「結婚したいと思っています」

「わかった。おめでとう。相手はどんな人か」

「普通の健康体の女で保良近くの村に住んでいます。按司《あず》（地域の指導者）の娘で名はキヨメガです。一歳年上だ。結婚したら、時機を見計らってパイナガマ南側の気温がほどよくあたたかな泰川《やすかわ》へ移りたいと二人で話し合っています」

「希望通りでよい、フウヤ。確かに、南に面した泰川は、北に面した白川とは打って変わって温暖な地域で住み心地のよい環境だね」

「はい、オトウ、感謝です。食べ物のことはキヨメガが考えている。これまで毎日、食べ物も必要なものも持ってきてくれて深謝です。ご恩を忘れません」

「何をいうか、フウヤ。泣けるだろう」

父と息子は何の飾り気もなく率直にことばをかわした。

マサリが離れた道端で馬にまたがっていると歌声が聞こえてきた。

偉大なる神よ
慈悲深い、ちちははよ
とこしえに、幸いあれと祈る
我は、野に伏し、山に伏す

フウヤが何かをたたきながら唄っている。山林にひびく透明感の深い歌声だ。

マサリは込み上げてくる涙がおさえきれなかった。

馬は夕陽に映えて颯爽と走った。マサリは旧宅に立ち寄り、しばらく瞑想し、愛馬をフウヤにやろう、とつぶやいた。

それから数日後の暗くなった刻に、フウヤはキヨメガを連れてきた。キヨメガは小太りの清楚な女でどこかコイメガを彷彿とさせる印象である。しばらく雑談後、二人はまた暗い道をたどって人里離れた山中の小屋へ帰って行った。キヨメガは妊娠していた。身体を大事にね、と別れぎわにコイメガがキヨメガにいたわりのことばで話しかけていた。


マサリは、人並みに自立した息子に拍手をおくりながらも、気抜けしてぼんやり過ごしているような寂しさをおぼえている。いずれそうなるだろうとの推量はあったが、この日がこんなにはやく訪れようとは予想だにしないことだった。何よりもフウヤの身体のことが心配でならないのだ。

〔赦してくれ、フウヤ〕

白川湾沖合の珊瑚礁に白波が立ち騒ぎ、その向こうに、漆黒の大海原がどこまでもひろがっている。

マサリは、人影のない渚に立ちすくんで、人知れずつぶやき、思い余って誰憚ることなく慟哭した。

そのうしろ姿をコイメガがオオモンパノキの下で見つめていた。このオオモンパノキは、しなやかな弓状にたわんだ趣の長々しい白川浜の中央部に繁茂して、人々にくつろぎの場を提供している。

突如として、コイメガが走り出した。我慢して抑えていた涙がどっと流れ出したように、マサリに向かってつき進んだ。

コイメガはマサリを烈しく抱きしめた。

そして二人は抱き合って泣き崩れた。

神に直訴

マサリは夢を見た。夢のなかで憤怒の形相を神に向けた。

「神よ。命の神よ。あまりにも酷い仕打ちではないか。愛する息子を痛めつけてどん底につき落とし、さらには息子の第一子も第二子も殺された。度が過ぎるではないか。神よ、私はあなたを赦さない。この命をかけて絶対に赦さない」

「マサリよ。息子の肉体に誤って不治の病を植えつけたが、息子は、人生のあらゆる壁を乗り超え、自由無碍の境地に達し、社会浄化につとめ、なお長寿となります。二人の男子は夭死の宿運となったが、まもなく、健康体の第三子の男子が誕生し、すくすく育って頭立《かしらだ》つ高貴な人物になります。マサリよ。未熟な若き日の罪過などすべての悪業は償われる。ときに悪の華は咲き、必ず悪の華は散る」

「偉大なる神よ、数々の失言をお赦しください」

「マサリよ、あなたを縛るものはありません」

白川丸の進水

島中を駆けずりまわるトノマツの情報によると、保良近くの荒磯に漂着した難破船は関係者が自力で船出した。

それからはやいもので六年を経て大型船が白川湾北部の荒磯に漂着した。謎の関係者三人組と相談の上、共同船主という条件つきではあるがマサリが筆頭責任者として譲り受けた。三人組の一人は倭人、二人はシナ人である。

倭寇系の謎の難破船は、いくらか手当てしてから白川浜に回航して本格的な船体改造をはじめることになった。トノマツ棟梁のもとに若者が数名助手として働き、難破船は宮古船に改造された。

宮古船は船名を白川丸と名付けられて進水式を終えた。どこか倭船の造船技術を伝承しながら日々整って半年後には二本の帆柱を備えた新造船同様の装いとなり、白川湾沖合まで何度も試行航海した。南風を受けて快走し、逆風に向かってジグザグ航行もくりかえした。取りはずしのできる可動性の二本の帆柱は、嵐に遭ったら倒し、無風のときも倒し、艪を漕いで船を前進させる。これらの航海技術は海事全般に詳しいケザ主の指導によるものであった。

白川丸の試行航海には、マサリ、トノマツ、ケザ主、若者と血気盛んな働き盛りの壮年の男達が十数名乗船した。

「予想以上に、見事な出来映えだね。ケザ主が気にしていた船底に淦水《あか》はほとんどたまっていない。揺れはなく安定している。四、五十人は乗れるな。じつに快適だ。皆さん、ご苦労さん。大神島あたりまでどうですか、ケザ主！」

船首に立って前方を見渡していたマサリが振りかえって言った。

「はい。わかりました、与那覇頭。これから大神島へ向かいます」

ケザ主が帆の操作と舵の取り方を説明しながら大声で言った。

さわやかな潮風が吹いている。

マサリは海原を見やりながら大国への海の旅を夢想していた。

大国への貢物

マサリの緊急告知を受けて、トノマツ、ケザ主、若者たちがオオモンパノキの下に集まった。

「皆さん、ご苦労さん。大国への貢物品目を決めなければならない。本来ならば大国の方針の品目や国王が喜ぶものが望ましいだろうが、われわれは未知の大国への初朝貢で先方の事情がさっぱりわからない。そうであるから、日頃食べているアワやコメやムギやイモなども貢物としていいのではないか」

マサリが言った。その語調から察してまだ暗中模索状態のようだ。

「干しダコも貢物としていいと思うが、どうだろうか。この干しダコは昔からおいしく食べられているもので、保存食としても貴重品だ。タコ漁は困難ではないから、いつでも捕れるよ」

タコ捕り名人の若者が挙手して言った。

「なるほど。干しダコはいいね。捕れるだけ捕っておいていいよ。海産物の干物食品も貢物としていいね。前向きに検討しよう」

マサリが身を乗り出して言った。

「宮古島の海岸には色とりどりの美しいカイガラが海からの贈り物として渚にたくさん並べられていますね。わたしであれば、これらの美しいカイガラを胸にあてていただきますよ。王様の奥さんや娘さんも笑顔になると思いますよ」

珍しく若い女が挙手し、目をくりくりさせて言った。

「なるほど。わかった。女の気持ちを大切にして検討したい」

マサリが若い女を注視しながら言った。

「われわれは、初朝貢であるから、貢物は、われわれが独自に選んだ品目でいいと思いますよ。初朝貢が成功すれば、次回からの貢物品目などは、大国側から示されるだろう、と思いますよ。それでそのときは、その注文に対応すればいいわけですね。例えば、香辛料の注文があれば、その香辛料を貢物として献上すればいいわけですね」

ケザ主が示唆に富んだ見解を示した。

「ケザ主、的を射たご意見だと思います。じつは、この私もそのように考えていました。大国の方針や国王の好みは、未知の世界で、皆目見当がつきません。そうであるから、初朝貢はわれわれが独自に選んだ品目を貢物として献上すればいいわけですね。明日、ここで貢物品目を決定して準備に入りますよ」

マサリの脳裡には貢物品目が内定してきたような印象である。

あこがれの大国へ

出帆に際して、与那覇頭の目配りや指示があわただしくなった。関係者全員、オオモンパノキの下に集まり、頭の講話を聞いた。

「皆さん、ご苦労さん。一週間後に、大国の中山国へ向け出帆します。われわれにとっては、初めての渡海の旅であり、記念的な中山王への初朝貢の計画実施となります。まさしく歴史的大事業です。目的遂行のためには一人一人の力が必要です。協力し合ってのぞまなければなりません。ケザ主の話によればわれわれのことばは通じません。大国のことばもわかりません。それこそ苦悩のタネだが何とかしなければならない。まずは何よりも一人一人の健康が大事だ。健康管理には十分留意してください。この旅が短期となるか長期となるか、いまのところそれは何とも言えない。家族に心配しないように話してください。中山王への貢物は準備万端整いました。当日は日の出とともにここに集まってください。船中でも追々話すことがあると思いますが、ケザ主からも話があります」

マサリの事細かな講話は、終始変わらない熱意で、極めて情熱的である。

「はい、本船白川丸の大国到着は三、四日を見込んでおります。宿泊所につきましては以前知遇を得た人が入港予定地の泊《とまり》に住んでいますのでお目にかかって相談したいと思います。ほかにも心当たりはあります。何とかなりますよ」

笑顔のケザ主の話であった。


四月。いよいよ、白川丸の船出当日がやってきた。

上天気にめぐまれてさわやかな南風が吹いている。

のどかな朝早く船出に際して白川浜では三十数名の健康と白川丸の安全航海の祈願が執りおこなわれ、御嶽《うたき》の神に仕える神女のなかに、コイメガ、マサメガ、カニメガオバアの姿もあった。

与那覇頭を団長とする中山王拝謁団《ちゅうざんおうはいえつだん》は貢物を白川丸に満載して白川浜の渚をはなれた。帆はトノマツが説明しながら操作し、舵取りはケザ主がつとめている。白川湾前方は、白波が湧き立つサンゴ礁が帯状に連なって航行をふさいでいるので、白川丸は、抜け道を見出して漆黒の外海へおどり出た。おだやかな海上に吹きながれる潮風に白帆をふくらませて東北東方角の大国へ向かった。今後は、ケザ主の豊富な経験がものを言うことになる。ケザ主はおだやかな表情を見せながらもその目づかいはきびしいものを秘めている。

白川湾北部の岩上に、フウヤとキヨメガと第三子の愛称マサリガマが立って、両手を振り、白川丸を見送っていたことを誰も知らなかった。


白川丸は大国をめざして進んでいる。一度だけ方角誤差があったが、それ以後は何の問題もなく未踏の海路を悠然と進んでいる。船影一つない大海原を真二つに二分して走行している。船のまわりに咲きひらく白波の華が朝日により白く映え、乗船者の顔は一人一人誇らしげだ。

舵取りと帆の操作は、ケザ主の指導で二人一組の交替制となっている。

出帆四日目の未明だった。

いきなり、大海原に、稲光と雷をともなう嵐が発生した。

何事かと乗組員全員が一驚を喫した。

「二本の帆柱を降ろせ。はやく降ろせ…。これはたちの悪い台湾坊主《たいわんぼうず》だ」

ケザ主の指令がとんだ。あの心優しいケザ主とは思えない力強さだ。

星明かりのなかをトノマツと謎の三人組が二本の帆柱を降ろした。

暁闇の嵐の急襲は、何事もなかったかのように、夜明け前に消え去った。

「この季節に一番怖い低気圧が台湾坊主だ。海の男達に恐れられている。台湾坊主は、いきなりあらわれ、いきなり去ってしまう奇奇怪怪な低気圧だよ」

ケザ主が声を張りあげた。

おだやかな午前の太陽光が白川丸に降りそそいでいる。

「本当に驚きましたよ、ケザ主。一時はどうなることかと恐怖と不安に襲われました。沈没をまぬかれて幸運だった。凄い嵐だったね。このような魔風が吹くこともあるのですね。まさしく、この大自然は、驚異の生き物そのものだ。そんな実感があります。それはそれとして、ケザ主のすばやい対応と技量はきわだってすぐれていますね。さすがケザ主であります」

マサリがケザ主を正面から見つめて言った。

「与那覇頭、何の被害もなくよかったですね」とケザ主が言った。

「大国の島影がうっすらと見えてきましたよ。青々とひろがる上空には渡り鳥のタカの群が北方へ向かって飛んでいるよ。いかにも先導神のように！…」

船首に立ちはだかったトノマツが声を張り上げた。

船内がざわめき始めた。

白川丸の前方に、やがて大国の輪郭が明確になってきた。

「あれが大国か。夢にまで見た大国か。あれが！…。私は、この感動を終生忘れない。絶対忘れないぞ」

マサリは頓狂な声を発した。

左手にも島影が見える。

ケザ主とトノマツが二人の若者と交替して、帆を操作し、舵を握った。

白川丸は白波をあたり一面にふりまいて進んでいる。

「凄いな。大国だ。まさしく大国だよ」

マサリが叫んだ。声高らかに叫んだのである。

白川丸は島々の船の出入でにぎわう泊に向かい、ケザ主の指示で沖合で帆を下ろし、腕っぷしの強い若者が二人艪を漕いだ。舵はケザ主が握っている。マサリは船首に立ち、トノマツは船尾に立っている。

まもなく白川丸が港に接岸すると最初にマサリが大国の地を踏みしめた。

「ああ！　大感激だ。この大地は宮古島の大地と同じだ。いま私は、あこがれの大国の大地に立っているぞ！…」

マサリは大声で歓喜をあらわにした。

マサリのあとからケザ主が初見の帽子をかぶり、小荷物をかかえて白川丸を降りた。

「本当に久しぶりだ」

ケザ主が言った。落ち着いていて驚く様子はない。

あとのことはトノマツにまかせてマサリとケザ主はケザ主の知人を訪ねることにした。

「わたくしの知人は伊波親雲上《いはぺーちん》です。親雲上とは偉い領主《りょうしゅ》のことです。このあたりの豪邸にお住まいですよ」とケザ主が言った。

泊の往来を大勢の人が往きかっている。

マサリとケザ主が二人肩をならべて歩いていると、珍しそうにケザ主を見つめる老人があらわれた。その老人は行き過ぎてはもどってきてなおもケザ主を見つめ、接近してきた。

「あのう、人違いでしたら、お赦しください」

丁寧なことばづかいの老人は、そう言っては去って、どこかへ行き、ひょっこりともどってきては視線を据えてケザ主を見つめた。大国のことばをケザ主が通訳した。

「仲地親雲上《なかちぺーちん》ではありませんか。わたくし、伊波ですよ。奇遇ですね」

その老人は驚いたように言った。ケザ主が通訳した。

「ああ、伊波親雲上！…」

ケザ主も運命的なめぐり合わせに驚き、おおいに感動した。ケザ主は大国のことばを使い、そしてマサリに通訳した。

かたわらに立ちん坊のマサリは何事かと事情を計りかねた。

「失礼ですが、伊波親雲上、私のかたわらのケザ主は仲地親雲上ですか」

マサリの単刀直入の質問をケザ主が通訳した。

「左様でございますよ。久米島の仲地親雲上でいらっしゃいますよ」

伊波親雲上はにこにこして言った。ケザ主はわがことを通訳した。

「失礼ですが、それはどのようなことですか」

またマサリのことばをケザ主が通訳した。

「仲地親雲上は久米島の偉い領主でいらっしゃいますよ」

伊波親雲上は相変わらずにこにこしている。ケザ主がまたわがことを通訳した。

「そうですか。それは知りませんでした。はじめて知ることです」

マサリのことばをケザ主が大国のことばで通訳した。

「伊波親雲上、二十数年前、わたくしの乗った船が嵐に遭って宮古島に漂着しました。ご縁があって、こちらの与那覇頭と知遇を得て、お世話になりました。このたび、われわれは、さきほど宮古島から泊に到着したばかりです。中山王拝謁を希望しています」

ケザ主が大国のことばで言った。そしてマサリにその概略を話した。

「こまかいことはわが家で話しましょう。すぐ近くです。どうぞ…」

伊波親雲上はそう言って先を急いだ。歩きながらケザ主が通訳した。

マサリとケザ主は嶺のふもとの豪邸へ案内された。

「われわれは、三十数名収容できる宿泊所を探さなければなりません」

マサリの話をケザ主が大国のことばで通訳した。

「幸運ですよ、本当に。この近くに、空き家があります。集会所に使っていた屋敷ですが、ご自由にお使いください。寝具類も調度品もそろっていますよ」

伊波親雲上の話をケザ主が通訳した。

「よかった。ありがとうございます」

マサリのことばをケザ主が大国のことばで話した。

「ところで、仲地親雲上は周囲の人々の間では行方不明になっていますよ。死んだとの噂もありますよ。久米島へ帰られたら、皆さん、びっくりしますね」

伊波親雲上が言った。ケザ主は、またまたわがことを通訳した。

マサリは、席をはずして、宿泊所を確認し、港へ急いで、さしあたっての行動の段取りをつけ、あとはトノマツに一任して伊波親雲上邸へもどった。その間に、仲地親雲上は、与那覇頭のことを伊波親雲上に話し、幸運にも久米島行きの船に乗った。ケザ主にとっては久しぶりの帰郷であった。

あこがれの大国の大地を踏みしめた中山王拝謁団は、トノマツ副団長の引率で宿泊所にたどり着くと、旅装を解き、この日一日はフリータイムとした。

公認酋長与那覇船頭《よなはせどう》豊見親《とゆみや》

マサリは、伊波親雲上邸に出入りする役者の島袋《しまぶく》カメと仲良くなったこともあって、急速に、大国のことばをわがものとして習得した。マサリの猛勉強は日夜つづき、三カ月もすれば大国のことばを自由に使いこなして日常会話は事欠かないようになった。伊波親雲上は、マサリの天才的な言語能力に舌を巻いた。

マサリの中山王拝謁の方針は、大国のことばを使って、中山王に、つつしんでお目どおりすることである。大国のことばを使うことは親和感を中山王へ伝える手法ともなるのだ。たどたどしい未熟なことばづかいではなく、大国の人間とまちがえられるくらいの高い言語能力を発揮して中山国王拝謁に臨むのである。マサリは大国のことばを幅広く伊波親雲上から習って日々上達した。中山王拝謁に際しても伊波親雲上からさまざまな助言を受けている。

ある日、マサリは、久米島へ帰還したケザ主の訃報を伊波親雲上から知らされて深く悲しんだ。ケザ主には出逢いから日々万般にわたって助けられた。マサリは、ここしばらく、喪失感に打ちひしがれていたが立ちなおって大国視察の通常活動にもどり、凱旋帰還の際に久米島へ立ち寄ることを考えた。

人と人とのつづきあいは不思議な縁である。ケザ主は、マサリにとっては伊波親雲上との縁結びの神であり、さらには、その縁が合縁機縁となって、若い美貌のカメとも出逢って枕をかわす仲となったのだ。

いよいよ、歴史が塗りかえられる日がやってきた。

朝早く、中山王拝謁団は伊波親雲上の同行に助けられて浦添城へ向かった。

素肌にここちよい風に樹木の葉もそよいでいる。

中山王拝謁団は、中山国に到着して貢物を上納し、国王拝謁を熱望していることを告げ、しばらく中庭で待機していた。

その間、マサリは、無我の境地に入った。

この私は、記念すべきこの日を、永年にわたって待ち焦がれていた。目黒盛との戦に惨敗以来、道半ばに希望を失いかけていたが、夢の火種が消えることはなかった。考えつづけた。二十余年考えつづけた。大国の夢を考えつづけた、とマサリはつぶやいていた。

マサリが夢から覚めた思いで前方へ視線をさし向けると、ゆらめく陽炎の向こうに、濃い紅色の冠服に身をつつんだ中山王があらわれて用意した椅子に腰を下ろした。きらびやかな玉飾りのついた王権象徴の王冠をかぶり、口鬚と顎髭をはやしているように見える。マサリは、一瞬、恍惚状態となった。

早速、係官の合図でマサリが前方へあゆみ出て深く敬礼し、話しはじめた。

「わたくしは、宮古島の与那覇マサリでございます。本日は、ここに、お目通りを赦していただき、幸甚の至りでございます。いつまでも、いつまでもご交誼と親和をよろしくお願い致します」

マサリは、大国のことばですらすらと申し述べた。透き通った声色がひびきわたった。猛勇果敢のマサリは、落ち着きはらい、微動だにしない。

「与那覇マサリ、遠い海彼の宮古島から、ご苦労であった。心づくしのかずかずの品、喜んでいる。王妃と女性達がきれいなコヤスガイを笑顔で愛でている。土産を用意した」と中山王が言った。

マサリは中山王が話す大国のことばを十二分に理解している。

「ありがとうございます。喜んで頂戴致します。まことに、光栄の限りでございます」とマサリが言った。

「与那覇マサリ、わが国のことばがじつにたくみだね。驚き、感動的だ。嬉しいぞ。与那覇マサリを宮古島酋長に任命する」と中山王が言った。

「ありがとうございます。まことに、深謝でございます」とマサリが言った。

マサリの夢は紅く熟れた果実となった。

中山王は、拝謁儀式が終了すると即座に退席した。

ときは、一三九〇年、さわやかな初夏である。

マサリは、充たされ、満足感にひたった。

二十余年の歳月を懸けて初志貫徹を果たした歴史的瞬間だった。

この日を以て宮古島は琉球国中山王の傘下に入った。

マサリは宮古島の公認酋長与那覇船頭豊見親となった。

明けの明星

乱世の嵐

風が強まってきた。

薄暗い昼過ぎ。

怪しげな空模様となった。

白木武恵《しらきぶけい》は、庭先に立って風にあたりながら、薄暗い上空を見上げ、茅葺き造りの母屋や離れの小屋などを心配そうにながめ、また暴風か、と感情を静かにあらげた。

去った四月に、暴風があり、さらには七月にも襲来し、以後大雨が日夜降り続き、旱魃が続き、農作物に甚大なる被害が出たのだ。すでに島全域にわたって瀕死の飢饉に見舞われている。そしてこの八月、また暴風か、と武恵は頭を痛めて茫然と立ちすくんでいた。

人のかろやかな足音を聞いて武恵は我をとりもどした。

「父上、強い暴風が来るそうですよ…」

長女の松江があわてて屋敷内に入ってきた。

「そうか。それは大変だ。暴風対策をしなければ…」

武恵は娘をじっと見ながら言った。

親子二人はまったく瓜二つだ。顔も身体の恰好も背丈までそっくりなのだ。松江は心配になって嫁ぎ先からやってきたのである。長男武道と次男武勇も庭に出てきた。そのあとから妻のカマドが着物の裾を風にゆらして出てきた。カメオバアは家の中からそとの様子をのぞいている。

親戚の若い男達がどやどやと数人やってきて、山羊小屋、馬小屋、台所小屋、母屋の暴風対策の作業にとりかかった。その間にも暴風のエネルギーは強まっている。あたりは陽が暮れたように薄闇につつまれた。

「父上、母上、弟達、わたしはこれで…。カメオバア、帰りますよ。ガンジューサーイッバン〔元気が一番〕」

松江はあれこれこまやかな作業を終えると余韻をのこして徒歩十五分先の荷川取《んきゃどぅら》の家へ帰って行った。しっかり者の娘だ、と武恵は思い、手をふって見送った。


夜中になって刻一刻と暴風接近が手に取るようにわかるようになった。暴れん坊の暴風は容赦なく吹きつけてきたのだ。どこからか何かが転がる烈しい物音も聞こえる。屋敷林の樹木に暴風がたたきつけるように吹きあたっている。暴風は強まるばかりだ。

〔今年はこの八月に入って三度目の暴風だよ〕

武恵は、半ば怒り声を誰に言うともなく発したあと、一番座のど真ん中にあぐらをかいて酒を飲みはじめた。

家族は暴風の音を聞きながらひとかたまりになって座っている。

小太りのカメオバアが立ち、神棚に線香を立てて何やら呪文をとなえた。

「カメオバア、今何と言ったか」と武勇が言った。

「暴風は遠くへ行きなさい。どこか遠いところへ行きなさい、と先祖の神様にお願いしたよ」

カメオバアは武勇のまるい頭を撫で撫でしながら言い諭した。

ところが先祖の神様はカメオバアの願いを聞いてくれないばかりか、暴風は強まる一方だ。知らない遠くへ行かないばかりか、どこへも行かないでこちらに向かってくるのだ。暴風は徐々に勢力を強めて接近している。暴風音が轟き、屋敷林に吹きつける風の音が聞こえ、その手で家屋が烈しくゆすられている。

方々で烈しい物音が起こっている。

そのうちに武恵一人をおいて家族は全員雑魚寝して動かなくなった。

武恵もしばらく仮眠をとった。

そのうちに暴風は遠ざかっていることが実感できた。

朝となり、何事もなかったかのように家族は全員目覚めた。返し風が吹いているが、もう安心していいだろう、と武恵が声を張り上げた。

昼過ぎになって親戚の若い男がやってきて屋敷まわりを点検した。

「樹木の小枝がところどころ折れているだけだ。家屋は無傷だよ。頑強に造られた家だ」と男は言った。

「それはよかったが、ところで、地域の災害状況はどうだ」

武恵が男を見上げて言った。

「はい、各地で災害が出ている。各地の役人詰所など三十軒以上倒壊した。四百以上の住宅家屋の倒壊も伝わっている。詳しい災害状況はこれから調査しないとわからない」

若い男は白木家の無事を確認すると馬にまたがって姿を消した。

西暦一八五二（嘉永五）年八月中に暴風が三度襲来し、旱魃が起こり、飢饉となり、二千人以上の餓死者や病死者が出た。さらには翌年にかけて悪疫が流行して三千人以上の犠牲者が出た。

まさしく乱世の嵐が吹きまくったのである。

五月の薫風

晴れ上がった五月の薫風が頰を撫でている。それはアワの収穫祝いの豊饒の風だが、昨年八月に暴風が三度も吹きあれて農作物は全滅した。

武恵の苦悩の色は夏の屋内にゆらめくまぶしい暗さだ。武恵のその濃い思いは、飢饉が島中にひろがる世となっても、貧しい暮らしをいとなむ農民に対して押しつけられる人頭税におよぶ。宮古・八重山に賦課された人頭税は、尚豊時代の一六三七（寛永十四）年に起こったと推量される。手もとの辞書は「各個人に対して頭割りに同額を課する租税。納税者の担税能力の差を顧慮しない不公平な税とされる反面、経済的には中立的な税とされる」と説いている。

農民の毎日の生活を苦しめる人頭税を何とかしなければならない、と武恵はひそやかに立ち上がり、かつて何人も思い至らなかった人頭税廃止を思案しつづけている。しかし何一つ打つ手のない現実の壁をかんがえると更にゆらめく苦悩の色を濃くしてしまうのだ。もしかりに、人頭税廃止を軽はずみにでも口走るものなら間違いなく斬殺となるだろう。そのことは常に脳裡をはなれない。社会的改革は必要だと武恵の胸のうちは痛み続けるのである。

見るからに、小柄な武恵は、今朝もはやく起床してしばらく庭先に立って野鳥の長閑な囀りに苦悩を癒される思いになった。それから縁側に台を運び、その上に「宮古方言語彙ノート」をひろげて言葉の勉強となった。四十を過ぎると老眼鏡をかけても、小文字を書くのも読むのもひと苦労だと武恵はしきりに思う。

「カマド、わたしはね、わが宮古島の言葉は、もともとヤマトの日本語であると信じているよ。カマド、どう思うか」

武恵は茶を運んできた妻のカマドの顔を見ながら言った。

カマドは細面の小柄な女である。顔は美顔ではないが、穏やかな顔立ちで気品がある。頭脳明晰な女だ。礼義正しく、言葉づかいも丁寧な女で十五歳のときに武恵の父武明に拾われて白木屋の家族の一員となった。カマドは武明の知り合いの家で下女として働いていたのだ。この下女は、ただの下女ではない、と武明は見抜いたのである。

「武恵様、言葉のことはわたしにはわかりかねます。武恵様は間違いのない人です。おのれの思う通りにお進みください」

カマドの声は落ち着いた低い声だが暗くはない。

「わかった。ありがとう。いつも感謝しているよ」

「…！」

カマドは、黙って眼を押さえていたが、台所小屋へ入って水仕事をはじめた。武恵は結婚当時のことを想い出していた。

五月のおだやかな満月の夜だった。父上の武明と母上のカメは親戚の家へ用事があって出かけていた。武恵とカマドは、夕食後、満月の青い光がふりそそぐ縁側に並んで座っていた。武恵はもぞもぞして落ち着かない。前々からかんがえていることがあるのだ。いまこそ絶好のチャンスだと武恵は思いおよんだ。

「カマド、結婚しよう」

「武恵様、それはいけません。わたしは親の顔も知らない孤児です。武恵様の妻には不向きです。世間で噂の仲保屋《なかほや》のお譲様がお似合いですよ」

「わたしが望んでいるのはカマドだ」

「武恵様、士族の白木屋のご先祖様にお叱りを受けますよ」

「士族のことも、白木屋のことも、そんなことはどうでもいい。父上は、カマドのことを聡明な女だと言って褒めていた。わたしもそのように思っている。わたしはね、カマドが大好きだ。カマドはこのわたしを嫌いか、好きか。はっきりと言ってくれないか」

「わたしの口からは…」

「わかった、カマド。わたしの妻になってくれ。二度とは言えないお願いだ」

「このわたしでよろしければ、武恵様、生涯お仕えします」

「ありがとう。助け合って明るい家庭を築こう。そして人頭税のない住みよい社会をつくろう」

「はい！…」

こうして武恵とカマドは二人きりの家でぎこちなく結ばれて夫婦となった。

武恵二十三歳、カマド十八歳だった。


宵の口に仲屋玄二がひょっこり顔を見せた。

玄二はがっちりした体型の男だ。幼馴染の玄二は同年齢の四十三歳だが、世間の噂では若々しく見えるらしい。

「ああ、武恵…。この辺まできたから寄ってみたよ」

玄二は縁側に腰を下ろして言った。

玄二は言動そのものがいさましい男である。

「カマド…。玄二がきたよ」

武恵の合図でカマドが酒を持ってきた。

「カマドさん、若いね。まだ四十前だろう。色っぽいな」

玄二がカマドに視線を移しながら笑顔で言った。

どこか誘発の匂いが鼻につく。

「そんなことありませんよ、玄二さん」

カマドは照れながらも嬉しそうに言って座をはずした。

「役人の横暴ぶりには驚くね。世の乱れはおさまらない。人頭税に苦しむ農民が気の毒でならない」

玄二は情熱的にしゃべった。

玄二も役人でありながら役人のわがままぶりには強い反感を持っている。

「確かに農民は人頭税の鎖に縛られ、身動きもとれないで気の毒だ。昨年は大変だったね。暴風襲来、旱魃、飢饉…。タチの悪い病疫の流行で三千人以上の犠牲者が出た」

武恵も情熱的だ。酒もまわっている。

「僕もかんがえているよ、武恵。宮古の言葉や生活文化のことや人頭税問題など、武恵と同じかんがえだ。こんな話は役所やよそでは絶対に言えない」

玄二は左右に目配りしながら緊張感を隠し切れない様子だ。

「ああ…。幼馴染の二人は同志だよ」

武恵は笑って言った。

「じつはね、武恵。僕はこれから女に逢いに行くところだ」

玄二は緊張感をのぞかせた。

「わかった、わかった、玄二」

武恵は渋い顔つきになって言った。

カマドが物陰で聞き耳をたてていることを武恵も玄二も知らない。

運命のシュンカニ

夕風がやんわりと吹き流れている。

風邪気味の武恵は、奥の小部屋にごろりと寝転んで宮古の言葉の勉強をしていた。四十代半ばにもなると体力の衰退とともに風邪もひきやすくなっているように感じられる、と武恵はひとりごとをもらした。

「多良間からお客様です」

カマドがあらわれ、いくらか抑え気味の小声で言った。

「はい…。一番座でいいよ」

「わかりました」

カマドはおだやかな声でそう言って部屋を出た。

武恵がのっそりと一番座に入ると、肌色の黒い若者が二人並んでテーブル前に座り、カマドが出した茶をすすっていた。一人は女である。

「いらっしゃい。白木武恵であります。遠方の多良間からご苦労だった。何か重大用件でも…」

武恵は二人の前にゆっくりと座った。風邪のせいかどこかやつれたように見えないこともないが、おだやかな丸顔で落ち着いている。

「白木様。私達は、兄と妹です。兄カニは二十五歳。ウチの名はメガで十八歳です。突然の訪問をお許しください。私達は、多良間でも人気の高い前島尻与人《ぜんしまずーゆんちゅ》様を信頼してご相談に参りました」

メガは早口にしゃべった。細面の美顔だ。ピンク色の唇が艶めかしい。

「白木様、多良間では島役人が村人を脅かしています。暴力行為を以て村人から物を何もかも奪い取る役人もいます。このままでは村人は飢え死にしかねない深刻な状況です。それから無理やり人妻とまじわる役人もいますよ」

カニはドスのきいた低い声を震わせた。腕の筋肉は発達し、野性的な顔つきの男だ。

「わかりました。このような社会状況についてはすでにわたしの耳にも入っておりますから、何とか鎮めなければならない、と思案中だった。精一杯がんばってみます。ああ、もう陽も暮れたようだ。こちらで夕ご飯を食べて今晩は白木屋にお泊まりください。酒もありますよ」

武恵は風邪も癒えたのか、精力的にふるまっている。

その一夜は静かに更けた。

武恵は哀調を帯びた歌声を夜中聞いて眼を醒ました。歌声の主はメガに違いなかった。透明感の深い声色である。

朝は七時頃、七人食卓をかこんで朝食となった。

「メガさん、あの歌は…」

食事中、武恵が出し抜けに言った。

「はい、白木様。あの歌は、亡くなった祖母も母も唄っていた歌です。唄っていたというより口ずさんでいた、と言った方がいいかもしれませんね。誰がつくった歌か、誰もわからないようです。歌詞は人によってまちまちです。メロディーも人によって一定ではありません。女の人達が何かのおりに口ずさむ程度ですが、とても哀しいメロディーで、シュンカニ〔しょうがない〕と言われています」

メガがのびのびとしゃべった。とても利口な女だ、と武恵は思った。たくみな話術の持ち主のようだ、とも思った。それにしても話しているときのメガはじつに知的な美人だ、と内心思った。

武恵は、立ち上がるとすんなりと伸びた背丈のメガにときめきをおぼえた。

武恵の顔の表情の真実をカマドは見抜いていたが、その真実を武恵本人に言い伝えることはなかった。


武恵は早速多良間へ出向いて、役人の不正をただす行動に出た。役人一人一人に面談を求めて話を聞き、人頭税にあえぎ苦しむ農民をいじめることはよくないと諭し、役人も農民も人間としての人権は平等であることを強調した。

更に武恵は、五志士のこころざしを結集した多良間平定計画に篤い思いをこめて賛同した。五志士の、アカウメヌッディ、ウプダマ、ウプンガメー、パイバル、ジンダマは、人里離れた山中に入って隠れ、文才に優れたアカウメヌッディが首里王府への直訴状を書きまとめた。

やがて五志士は、伝馬船にまたがって沖縄向け前泊《まいどうまい》の港を出帆した。この密航船は出帆八日目に沖縄本島の金武《きん》海岸へたどり着いた。

世にも珍しい直訴状を受け取った首里王府は、一八五五（安政二）年三月、高官指導者を多良間へ派遣して多良間平定にのぞんだのである。

武恵は、ひとまず胸を撫でおろしてみたものの、役人の横暴ぶりがすぐさまおさまるわけではない。その後も武恵は、何度か多良間へ通って島の平定活動を続け、その折々に骨身を惜しまないメガの世話を受けた。武恵が宮古島へ還る日になると、メガは、ガジマルやアダンの雑木林を通りぬけ、前泊の港まで走ってくると両手を舞い上がらせ、「シュンカニ」を唄った。

武恵は船上から手をふった。

武恵が渡海して多良間の地を踏まなくなって一年以上経ち、季節はさわやかな春となったが、乱世の嵐が止んで凪の世になることはない。

もの静かな夕暮れ、武恵が農作業から帰って馬から降りていると赤子の元気な笑い声が聞こえた。その笑い声は台所小屋から聞こえた。まるで歌を唄っているような笑い声だ、と武恵は思った。

武恵はすかさず台所小屋へまわって内部をのぞいた。カマドがタライの中に赤子を入れて洗っているのだ。どこの誰の子だろう、と武恵は思ったが黙って母屋へまわった。

まもなく赤子を抱いたカマドが母屋にあらわれた。

「父上、メガガマだよ、はじめまして。よろしく…」

武恵の丸顔にどこか似ているメガガマの顔を見ながらカマドは笑顔で言った。

「何?… 父上?」

武恵は表情を一変させた。

「メガガマは、武恵様と多良間のメガの子ですよ。生まれてきてほんとによかったね。メガガマは神の子だよ」

カマドがあっけらかんと言ってのけた。

「それは真実か」

武恵の表情が更に一変した。

「さきほど多良間のカニさんがメガガマを連れてきましたよ。メガは出産後の健康状態がよくなかったので家に引き籠っていたが、この間、運悪く亡くなったそうですよ。気の毒ですね。美人で頭のいい人でした。カニは自分の手ではメガガマを育てる自信がないとかんがえてメガガマをクリブネに乗せ、白木屋に連れてきましたよ。ほんとによかったね。お米を袋いっぱい入れて持たせましたよ」

カマドはメガガマを抱いてゆらしながら言った。

「それはよかった、よかったね。メガガマはわが子だ。カマド、頼むよ」

「はい！」

こうしてメガガマは白木屋の次女として家族の中心的存在となった。

遙かなる日本

武恵は妻のカマドに、毎日のように日本語、琉球方言、宮古方言、宮古の生活文化や社会風習などを説いている。カマドは人一倍呑み込みがはやい。

今朝は自然をかんがえてみた。（カッコ内は日本語）

アチャ（明日）、アミ（雨）、
カジ（風）、カン（神）、キュウ（今日）、クトゥス（今年）、
ティン（天）、
ンツ（道）、ンナマ（今）、ンヌツ（命）

これらの宮古方言語彙も間違いなくもとをただせば日本語であろう、と武恵は宮古島の言葉のもとがヤマトの日本語であることを確信している。役所にも文化人のなかにも反論する人はいるが、誰に

何と言われようとも武恵が信念を覆すことはない。

武恵は、夕食後、酒を飲んだ勢いもあって家族前で主張をはじめた。目前に、メガガマ、カマド、武道、武勇、カメオバアが座り、武恵の大主張に耳を傾けている。

「本日は特別の日だ。耳を澄ましてよく聞くように…」

武恵は一言断ると「宮古方言語彙ノート」をめくりながら話しはじめた。

○わたし達が日頃日常的に用いている言葉は、琉球の宮古方言だ。この方言はもともと日本語であろう、とわたしは確信している。日本語が変化して宮古方言になったわけだ。いずれ後代に、宮古方言に関心を持つ人がふえ、研究者も出るだろう。
○もともと日本語の先祖に当たる言葉があり、その先祖語から日本語と琉球語が生まれたのではないかとわたしはかんがえている。宮古方言はもとをただせば日本語だ。宮古にとって、日本は、言葉の母なる国だよ。昔むかし、白木屋の先祖に酋長になった偉い人がいたようだが、名前は、ウプトゥヌと言ったらしいね。ウプは〔大〕のこと、トゥヌは〔殿〕のことで、日本語だよ。わたしはこのように信じて疑わない。
○わが琉球王国は大海原に浮かぶ小島国で、宮古の農民は、人頭税に苦しめられている。このような国は世界中どこをさがしてもない。われわれは人頭税廃止をかんがえなければならないよ。母なる大国の日本国へ帰属すれば人頭税は廃止され、農民はゆたかな生活ができるだろう。

〇わたしは、これからわたしがかんがえていることを直訴状にまとめてヤマトの役人へ渡そうと思っているが、そのことが琉球王府に察知されたらわたしは反逆者として捕えられるだろう。そのような直感と自己分析があってわたしは皆さんの前で話をしているわけだが、いずれ人頭税は廃止されるだろう。


武恵は、飲んで、飲んで、酔ってはいるが、ロレツは順調にまわっている。言っていることも理路整然としてまとまっている。

白木武恵は人頭税廃止を主張した先駆者だ。


玄二がいつものように夕暮れやってきた。

武恵が黙っていてもカマドは酒を出すようになった。

「ヤマトの役人に直訴状を渡すのか」

「そのつもりだ。直訴状は大体まとまった。わたしは命をかけている。わたしは未来をかんがえている。宮古の現状は永遠ではないよ。いずれ必ずや改革が起こるだろう。わたしは捨石となることを覚悟している」

武恵は不退転の決意だ。

「わかった、武恵。じつにあんたらしい。微力ながら力になりたい。何でもいいから言ってくれ」

玄二は身を乗り出して握手をもとめた。

「わかった。ありがとう」

武恵は玄二の握手に応じながら言った。

「僕が逢っている女の男はヤマトの役人かもしれない。ときどき島にきているよ。女に頼んでみようか」

玄二はどこか怪しげに口をゆがめてにたにたしながら言った。

「わかった。よくかんがえてみるよ。その男がヤマトの役人であればいいが、もしかりに琉球王府の役人だったら、わたしはすぐにつかまってしまうだろう」

武恵は真剣勝負の心意気だ。

「そのうちに女と逢う」

玄二はそう言って甲高い声で笑った。

玄二は毎夕のように白木屋にやってくるようになった。

武恵は、直訴状を、よろしく頼む、と玄二に手渡した。玄二は、確かに、と言って受け取った。

十五日の昼過ぎ、武恵が農作業から帰ると、台所小屋から出てきた玄二と出くわした。彼は左腕をかばっていた。何事かと思って武恵が台所小屋をのぞくとカマドが座り込んで着物の裾をなおしていた。

「玄二が手を出してきたから、思い切り噛みついてやった」

カマドはそう言いながら烈しく泣いた。

「わかった…」

武恵は玄二に対してはじめて忿怒を噛みしめた。


夕暮れ、武恵は仲保屋の里の玄二を訪ねた。

幼馴染みの玄二の言動に友好的な態度はさらさらなかった。

玄二は思いもよらず感情的な声を発した。

「何の用だ、武恵」

玄二はきわめて高圧的だ。

「玄二、あの直訴状を返してくれないか」

武恵は怒りを秘めて迫った。

「それはもう手元にない。女の手に渡った」

玄二は、そう言い流すと、見たことのない顔で、聞いたことのない声で、高笑いをとばした。

「取り戻しに行くよ。家はどこだ」

武恵は語調を強めて更に迫った。

「あの女は島にいない」

「わたしの直感だが、あの女の男は琉球王府の役人ではないのか」

「もう後の祭りだよ」

玄二はふたたび口をゆがめて怪奇な高笑いを投げつけた。

武恵の体内を冷風が吹き抜けた。

全身の力が抜け落ちた。

地獄から暗黒の嵐が噴き上がってきた。

武恵は、よたよたと路上に歩み出て、真っ暗闇の家路をたどった。

投獄

二月の風がさむざむと吹き荒れている。

武恵が一番座で「宮古方言語彙ノート」をひろげていると、役人達が数人どやどやと白木屋の屋敷内に闖入してきた。そして履物のまま上がり込んできた。

「わたくしは琉球王府の羽地《はねじ》だ。あなたは王府を批判する匿名文書を書いた白木武恵か」

でっぷり太った中年の男が武恵を見下ろしながら乱暴に言い放った。

「はい、わたしは白木武恵であります」

武恵の強い発声だ。

武恵はついにくるべきものがきたか、と内心覚悟した。

武恵は堂々としてひるむことはなかった。

武恵は、恐れてたじたじとなり、身がすくみ、おじけることはなかったが、家族一人ひとりのことだけが気にかかった。

「なるほど。〔宮古方言語彙ノート〕か。なかなかの勉強家だな。琉球方言、宮古方言は、もとをただせばヤマトの言葉か。なるほど。それにしても達筆ぶりには驚くな。それに悔しいことだが、王府執務室で閲覧した直訴状も抜群の文章力だった。前島尻与人《ぜんしまずーゆんちゅ》の白木武恵は、稀に見る文才だね」

羽地はそのノートを両手に持ってパラパラとめくった。

「何、何。琉球王国は大海原に浮かぶ小島国…。母なる大国のヤマトへ帰属すれば人頭税は廃止され、農民はゆたかな生活ができるか。ふざけるな、白木武恵。あんたは、琉球王国の歴史上、二人といない反逆者だ」

羽地の怒号が白木屋に充ちあふれた。

そのとき奥の小部屋から女の子が出てきた。

「父上をいじめないで…」

女の子は泣き叫んだ。

若い女性役人が女の子へ歩み寄った。

「お名前は？　何歳？」

女性役人は身をかがめ、女の子の手を取って言った。

「白木メガガマ、四歳…」

メガガマはのびのある声で言った。

「そう、わかった。かわいいね、メガガマ。大きくなったら美人になるよ。あなたの父上は大事な用事があるから奥の部屋へ行きましょうね」

女性役人が優しい語調で諭した。

「わかった」

メガガマは素直に奥の小部屋へ移った。

奥の小部屋では、カメオバア、カマド、武道、武勇の家族が集まっていた。

「いずれわたしのかんがえが見直される時代が必ずくる。そして人頭税は必ず廃止される」

武恵はひるむことなく王府高官を相手に立ち向かった。

「前島尻与人《ぜんしまずーゆんちゅ》の白木武恵様、これからあなたと家族の処遇が緊急会議で検討されることになると思いますよ。あなたは、わたくしの能力を超えた才能も持ち合わせているが、王府方針に対する反逆は、誰がかんがえても許されない」

羽地は「宮古方言語彙ノート」を丁寧に台上に置いて言った。

まもなく武恵は身のまわりのものを持って役人達とともに家を出た。

西暦一八六〇（万延元）年夏。白木武恵は監禁小屋へ投獄された。そろそろ五十歳をむかえる。妻カマド、長男武道、次男武勇、次女メガガマの四人は、久米島へ十年流刑となった。

監禁小屋

白木武恵が投獄された監禁小屋は、窓一つない暗黒の牢屋ではなかった。外出禁止、面会も許されないが、自由な生活が約束されて明るい雰囲気の牢屋であった。外部から施錠されているが、かたちだけの牢屋なのだ。逃亡の恐れはないと判断されたのであろう。それに蔵元においては政治の最高責任者の頭《かしら》の次の主任であり、島尻与人《しまずーゆんちゅ》の行政事務官の経歴を持ち、名門士族のはしくれでもあるので鄭重にあつかわれたかもしれない。

武恵の宮古方言研究は許された。ただし月一回のきびしいチェックが入った。あくまでも、琉球王国の発展を願い、尚泰王を尊敬しなければならないのである。

「与人様、おはようございます」

朝六時頃、鍵を開ける音が聞こえ、見覚えのある男があらわれた。

「はい、おはようございます。なんだ、砂川か…」

「そうです、与人様。島尻でお世話になった砂川でございます」

「はい、はい。元気そうだね。またどうして…」

「はい。じつはね、与人様。この俺が一日二回、朝と夕、監禁小屋を見回ることになりましたよ。よかったですね。この俺がご飯も水も持ってきますよ。ほかの用事も致しますよ。大丈夫ですよ、与人様」

「ありがとう、ありがとう。わたしは何事からも逃げない人間だ。牢屋に入っていても、わたしは多忙な日程だから、逃げる暇がないよ」

「なるほど、逃げる暇がない、とは与人様らしい哲学ですね。久しぶりに智恵がついた思いですよ」

「そうか。たまにはゆっくり話し合って遊ぼうね」

「はい。ところで、時間は五分間ですよ。ケチですね」

「そうだよ。時間は無限にいくらでもあるわけだから、ケチは無駄なことだ」

「これは難しい哲学ですね。ああ、五分経ちました。ではまた…」

人事異動で新巡視員となった砂川は、武恵が島尻与人時代の同僚だった。武恵は久しぶりに楽しいひと時を過ごした。

武恵は、この獄中生活をありがたいと思っている。三年後、いずれは斬殺されるかもしれないが、それまでの時間は無限にあるのだ。いくらでも勉強する時間がある。書き続けている「宮古方言語彙ノート」は、大幅に黒塗りの闇へ消しとばされた部分もあるが、それは仕方のないことだ、と武恵はあきらめている。

「与人様、おはようございます。ご飯と水を持ってきましたよ。与人様の大好きな真紅のフウリンブッソウゲの花も…。内緒で魚のおいしい刺身もありますよ」

砂川巡視員がやってきた。朝と夕、間違いなく六時頃にやってくるのだ。

「与人様、カメお母様も長女の松江さんも元気ですよ」

「そうか。ありがとう」

「松江さんは面会を希望していますが、それは許可されないと話してあります」

「いろいろ、ありがとう。感謝、感謝だよ、砂川！」

武恵は笑顔になって言った。いくらかやつれてはいるが体調は良好のようだ。

武恵の獄中生活の月日は日々何事もなく過ぎた。

南《パイ》ノ浜ノ悪夢

監禁小屋ノ中カラ、人間ノ断末魔ノ悲痛ナ声ガ聞コエタ。何カデ何カヲ打チタタク鈍イ音モ聞コエル。ソノウチニ、ソノ鈍イ物音モ止ミ、静カナ監禁小屋ノ中カラ、古着ノヨウナモノニクルマレタ物体ガ炎天下ノ路上ヘ転ガリ出タ。ソレニハ、長イ縄モツイテイル。一人ノ青年ノマタガッタ馬ガ、パカパカ、ト蹄ノ音ヲ鳴ラシテアラワレタ。今カ今カト待機シテイタ老人ガ、コレハオ前ノ仕事ダ、チャントヤレヨー、ト大声デ叫ンダ。馬上ノ青年ハ、俺ハ嫌ダヨ、昨夜ハ一睡モシテイナイ、ト反抗的怒号ヲトバシタ。

行ケ、ト顎髭ノ長イ中年男ガ令ヲ下シタ。王府カラ派遣サレタ役人ダ。

馬ガ歩キ出シタ。

馬ハ、白木武恵ヲ引キ摺ッテ、坂道ヲ上リ、西方へ向ケテ進ンダ。草叢ノ路肩ニタタズム村人達ハ、深ク悲シミ、女達ハ泣キ沈ンダ。

「何デ、コンナ無惨ナコトヲ…」ト合掌スル老婆ガイタ。

「気ノ毒過ギル。アワレ過ギル」ト中年女モ合掌シテイル。

白木武恵ヲ引キ摺ッタ馬ハ、樹木ノ間ヲ通リ抜ケテ進ンデイル。後方カラ数頭ノ馬ガ追尾シテイル。

ソノウチニ、白木武恵ヲ引キ摺ッタ馬ハ、目的地ノ、南ノ浜ニ到着シタ。俺ハ、絶対嫌ダヨ、ト青年ハ馬ヲ降リルト樹木ノ間ヲ通リ抜ケテ逃ゲ去ッタ。彼ノ逃走ヲ、遮リ、追ウ者ハイナイ。南ノ浜ニ寄リ集マッタ群集ハ無言ノママダ。痩セ衰エタ白木武恵ガ渚ニ転ガサレ、虫ノ息デ命ヲツナイデイル。

誰ガ首ヲ撥ネルカ。

炎天下ノ渚ニ、剣ガ光ッタ。

突如トシテ、沈黙ヲ破ッテ「ミンナ、眼ヲ閉ジロ」ト太ッタ大男ガ叫ンダ。

小波ノササメク白渚ヲ、一瞬、悪夢ガ通リ抜けタ。

前島尻与人《ぜんしまずーゆんちゅ》ノ白木武恵ハ、琉球王府ノ方針ニ対スル反逆者トシテ命ヲ打タレ、南ノ浜ニ湧イタ血ノ海ニ眠ッタ。五十三歳ノ生涯ダッタ。誰カガ、白木武恵ハ命ノ海ノ胎内へ還ッタ、合掌、ト叫ンダ。

ドコカラトモナク寄リ集マッタ群集ハ一人残ラズ合掌シテ白木武恵ノ冥福ヲ祈ッタ。

翌朝、南ノ浜ニ、白木武恵ハ存在シナカッタ。

西暦一八六三（文久三）年八月七日、夏。
白木武恵は投獄から三年後。
宮古島の俗称パイナガマで斬殺されたと伝えられている。
長寿のカメオバアは息子の最期を知っていたかどうか。

明けの明星

久米島の流刑生活を十年経て、宮古島へ帰還した白木武恵の妻カマドは、総白髪がよく似合う凛々しい老婆になっていた。次女のメガガマは、道を行けば男達がふりかえらないではおかない美女に生長し、母親に遅れて数年後に久米島を去ることになった。長男武道と次男武勇は久米島の地で死去した。

カマドは荷川取に住む松江の嫁ぎ先にしばし滞留していたが、いつか知らない間に行方不明となり、それ以後、消息を知る人はいない。仲屋玄二の愛人としてかこわれているのではないかと世間は異口同音に噂していたが、その真実はわからない。

白木武恵が琉球王国の国家権力にさからった反逆者として宮古島の南の浜で生涯を終えたと伝えら

れてから、はやくも十六年経過し、琉球王国はヤマトに帰属した。西暦一八七一（明治四）年七月、地方制度改革によって日本全国の藩が廃止され、琉球王国は、八年おくれて一八七九（明治十二）年四月沖縄県となったのである。

その記念に、役場前広場で講演会が開催された。

五月のやわらかい薫風が樹木の小枝をゆらしている。

五月は、農民が死に物狂いにはたらき、アワの収穫期である。

また五月は改革の志士白木武恵がもっとも愛した季節である。

講演者四番目の弁士が役場内部から颯爽とあらわれた。真紅のフウリンブッソウゲ色の着物でしなやかな肢体をつつみ、稀に見る女である。前方に視線を向けてすべるような歩行だ。この島ではこれまでに一度も見たことのない長身の美女である。

思い思いの格好でむらがった聴衆は、息をのまない人は一人もいない。あたりはガヤガヤと騒がしい雰囲気となった。

「では次に、沖縄県の期待の新星、特別参与官の真謝清南風《まじゃきよはえ》様をご紹介します」

太った係官の宮古訛りのしゃがれ声がひときわ弾むと、眼の醒めるような美女がすばやく前方へ歩み出た。

「どうぞよろしくお願い致します。わたくしは、真謝清南風です。太古のむかしから、万世にわたり、夜明けのころに東の空に光る金星を、明けの明星、と言いますね。おのずから見上げていると、東の空のダイヤモンドは、おどるようにきらめいてえもいわれぬ美しさを放っています。このたびは、かがやかしい沖縄県の誕生とともに、この真謝清南風の魂も明けの明星として、皆さんの東の空にあらわれました。お手やわらかによろしくお願い致します」

果てまでも響きわたるような透明感の深い美声である。

清南風は長髪をかき上げて話を続けた。

「皆さん、白木武恵と言う人物を誰もが覚えていると思います。そうです。受難多き時代の最前線に立って、嵐に向かい、農民の人権と暮らしを守るために、命をかけ、歴史上はじめて人頭税廃止を叫んだ男です。彼は、琉球王国の政治的秩序を侵害する犯罪者として、投獄三年後の十六年前に南の美浜《かぎひだ》で斬殺されたと伝えられる改革の志士です。皆さん、その白木武恵は、このわたくしの実父です」

清南風は嗚咽を漏らし、その場に屈みそうになったが立ちなおった。

人だかりのガヤガヤはおさまらない。

清南風は、前方にまっすぐ視線を向けて話を続けた。

「白木武恵が投獄されたころ、このわたくしは、四歳でしたが、母と兄二人と共に琉球海域に浮かぶ久米島へ流されました。じつは、わたくしの実母は多良間のメガと言う女で白木武恵の愛人でした。彼女は、士族の子が生まれたと言って大喜びだったそうですが、わが母は産後体調をくずしてあの世へ旅立ちました。二十歳を過ぎたばかりの若い命でした」

清南風の話は一瞬止まったが、思いなおして続けた。

「兄は乳の出る若い女達から貰い乳をしてわたくしを育てていたが、自分の力には限界があると判断し、いかにも生まれたばかりのタラマピンダガマ（かわいい多良間小山羊）のような女の子をクリブネに乗せて多良間前泊《まいどうまい》の港を出発しました。はやく、はやく、行こう。オトウのところへ、はやく、はやく、行こう、とこの兄は、泣きながらクリブネを何時間も漕ぎました。宮古島の漲水《ぴゃるみず》にたどり着くと、タラマピンダガマを抱きかかえて、走り、力尽きても走り続け、くたくたになって白木屋へたどり着くとすべてをゆだねました。それでわたくしは、白木屋の次女として四歳まで育ったわけです。その後、流刑地の久米島では色々なことがありました。いずれ話す機会があるかもしれませんが、わたくしは、万人が知る名高い実力者に、この美貌と才能を見出されて新しい名前をいただき、まずは久米島で働きました。それから沖縄県の特別参与官にしていただきました。わが琉球王国は白木武恵の予言通り沖縄県となりました」

清南風は話を続けた。

「わたくしは、白木武恵の意志を継ぎ、この若い血潮がたぎる命をかけて、農民を苦しめる人頭税の廃止を訴え続けます」

清南風は頭を下げた。

鳴り響動《なりとぅゆん》む拍手喝采が巻き起こった。

時のさわやかな新風が吹き流れている。

東の空にかがやく明けの明星が消えることはない。

解説

ムヌスー（ユタ）の霊感と予言に満ちた世界
――伊良波盛男『神歌《カンヌアーグ》が聴こえる』に寄せて

鈴木　比佐雄

1

私はこれまで宮古島市池間島で暮らす伊良波盛男氏から寄贈された詩集『超越』と『遺伝子の旅』を折に触れて愛読していた。伊良波氏は稀に見るピュアな人であり、その半生を率直に詩の中で書き記している。若い父母が十代の後半に愛し合い誕生した伊良波氏は、祖父母に育てられた。その後二十三歳で結婚し二人の子供を慈しみ育て、二十年の結婚生活の後に、離婚して上京し東京周辺で仕事をしながら勉学に励んだ。定年退職後には帰郷して両親との同居を始めて親の介護などの傍ら、文筆活動を本格的に開始することになる。それらのことは詩集『超越』の中の自伝的な詩「無から生まれて無に還る」や「私の中のアメリカ人」などに記されている。伊良波氏の文体は自己への執着が少なく、家族や他者のために生きようとするどこか諦念を秘めている潔さが存在する。例えば日頃食べられない上等のものを出された時に「父ちゃん一人美味しいものを食べてごめんね」（詩「ごめんね」より）と子供たちに謝る心持が今でもあるらしい。時に祖父母や父母や子を思う時に深い情感が噴き出てくる。詩の題名にある「無に還る」という潔い精神と慈しみの情感が合わさって独自の伊良波氏の詩的精神世界が構築されていた。伊良波氏は祖父で漁師であるインシャ（海人）と祖母であるムヌスー（ユタ）に育てられた。そんなムヌスーの家庭に集う祖母の言葉に救いを求める人びとを見聞きして、池間島の千年を超える神話的世界が伊良波氏の精神の原型になってしまったのだろう。それゆえに今回の小説の舞台となる「ニルヤカナヤ王国」が現実に存在したかのように緻密にイメージ化されることが可能となったに違いない。

この度、小説集『神歌《カンヌアーグ》が聴こえる』の五編の原稿を読んだ時には、まだ知ることのなかった沖縄の精神世界にいつのまにか惹き込まれていき、天と海と地から賛美されているような沖縄の豊饒さを肌で感じた思いがした。小説の主人公のムヌスーたちは、伊良波氏の身近に今も生きていて、相談を受けた人々の切実な悩みを瞬時にその霊感に満ちた言葉に変えて、悩める人びとに具体的な指針や励ましを与え続けているのだろう。

小説集『神歌《カンヌアーグ》が聴こえる』は五編の小説から成り立ち、冒頭の「ニルヤカナヤ王国」は、大正八年に三重県伊勢から八島からなる「ニルヤカナヤ王国」をムヌスーの世界を調べるためにやってきた医学生の吉川健一郎が主人公だ。その健一郎がムヌスーの大御所で創造的な予言をするニルヤ様やその後継者である山城カナスと運命的に出会い、ニルヤ様が予言したコレラの大流行で多くの犠牲者が出ることを踏まえて、伝染病対策に活躍し、カナスと共にこの地で生きようとする物語である。次のような健一郎とカナスの初めて言葉を交わす場面は最も印象的だ。

「貴男の研究室兼住居として、山城家の屋敷内に一軒家を新築してあります。どうぞ気兼ねなくお使いくださると嬉しく思います。近くに黒豚の豚舎がありますが、邪魔にはなりません。庭園には色々な野菜を作っています。生垣の真紅のブッソウゲの花と黄色いユウナの花は貴男の感性を潤してくれることでしょう。」（略）「貴男は、さっそくこのニルヤカナヤの民俗調査に取りかかり、歌も詠み、人助けのために東西奔走されて多忙な日々をおくることになっても、風邪一つ引かず、健康そのものですから、思い切ってご精進ください。食べ物のこと、衣類の洗濯のこと、家の清掃や片付けのこと、何もかもこのわたしが致します。突然ご無礼なことばかり申し上げて失礼しました、とは、わたしは申し上げません。狂気の沙汰とは決して思わないでください。なぜならば、わたしがただ今申し上げましたすべてのことは、何もかも真実です。では、のちほど…」／カナスが黒装束の裾を白波に浸したまま、ボートの中に棒立ちの健一郎をまっすぐ見上げて言った。おだやかなアヤグイ（綾声／ハスキーボイス）である。／この声色と波長には癒し効果があるかもしれない、と健一郎は直感した。／カナスの長い黒髪が潮風になびいている。／健一郎は、呆気に取られ、色白でエスニックな顔立ちのカナスの美貌に見惚れて放心状態だった。

このようにカナスの言葉はすべて予言が「真実」になるという恐るべき言葉だが、甘美さを感じさせる霊感が満ちている。健一郎は無意識に抱いていた願望をカナスに言い当てられて、その美貌だけでなく「真実」を語る「アヤグイ」に呆然としている。伊良波氏は美貌のムヌスー・カナスの人物像を絶妙に創造し、来訪者の健一郎の運命を導いていき、「ニルヤカナヤ王国」に新たな血を入れて、創造的な「真実」を物語っていく。きっとムヌスーだった祖母たちを身近に接していたからこそ、このような魅力的なカナスをイメージすることが出来たのだろう。

2

その他の小説「海を越えて」では、鎌倉時代後期に那智で修行する若き僧の宮本日真が小さな帆掛け船に乗って、父母や妹から受けた愛情を断ち切りながら、虚空蔵菩薩のマントラを唱え、サンゴ礁などの様々な障害物を避けながら補陀落浄土という「真実」を探しに向かうのだ。そして琉球らしき「夕暮れの寒い砂浜」に瀕死の状態で辿り着くと、その島の男に発見されてその家族たちから子供のように介抱されて生き返る場面で終わる。衆生救済という高貴な志で補陀落浄土への渡海を試みた若き僧と琉球の相関関係が垣間見えてくる。

小説「神歌《カンヌアーグ》が聴こえる」は、「野鳥の囀りに聞き違えるほどにどこまでも透き通って薫風を震わせる」霊感に満ちた神歌を歌う神女雅《かんみが》と娘の美海《かぎいん》のムヌスーの母と娘の物語だ。神女雅《かんみが》と娘の美海《かぎいん》による宮古諸島に伝わる神歌の詩行とその響きや息遣いを聞いてみたくなった。

小説「酋長」では、この小説にもムヌスーの予言が大きな役割を果たしている。長男のフウヤの悲劇的な人生を乗り越えて、琉球王国中山王への初朝貢を白川丸で実現し、宮古島の公認酋長与与那覇船頭豊見親となったマサリとその妻のコイメガの物語だ。

小説「明けの明星」は、宮古島で人頭税廃止を主張した先駆者で、『宮古方言語彙ノート』を編纂した白木武恵の物語だ。直訴状は友人の玄二によって役人に渡り、武恵は投獄され斬首される。後に娘のメガガマは琉球王国が日本に帰属すると、人頭税の廃止を実現する沖縄県の役人になり、父の遺志を実現する「明けの明星」となる。

このように伊良波氏の小説は、ムヌスーたちはもちろんだが、時代の先を見ている主人公たちが、民衆の一人ひとりの悩みに寄り添いながら、霊感に基づいて的確な助言をしたり、新しい時代を切り拓いていくことを記している。登場人物たちの一人ひとりの描き方がとても魅力的で、この沖縄の多様な島々の植物や生きものたちや海からエネルギーを得て、読者にもそのエネルギーが転嫁されるように感じさせてくれる。沖縄の中でも先島諸島の島々の自然環境とその島々の暮らしや文化を熟知していなければ書けない作品であり、ムヌスー（ユタ）の精神世界を知りたい人びとに読み継がれる小説集が誕生したと言えよう。

伊良波盛男（いらは　もりお）略歴

1942（昭和17）年沖縄県宮古島市の池間島に生まれる。
琉球政府立宮古水産高等学校機関科卒業。
早稲田大学オープンカレッジで四年間学ぶ。

所属
金井直主宰「花・現代詩」同人、草野心平創刊「歴程」同人、谷川健一主宰「青」同人、谷川健一主宰「花礁」同人を経て、現在谷川健一創刊「海の宮」同人・「あすら」同人。

受賞歴
第11回沖縄タイムス芸術選賞奨励賞（文学）
第2回山之口貘賞
第8回平良好児賞

著書　詩集
『遺伝子の旅』『超越』『第九識』『諸行無常』『谷津干潟』『神の鳥』『南島語彙集1』『アーラヤ河紀行』『東京の憂鬱』『孤蓬の人』『幻視の鏡』『参道』『カナシ伝』『幻の巫島』『嘔吐』『眩暈』など。

小説集
『鬼虎伝説』『神歌《カンヌアーグ》が聴こえる』

民俗誌
『わが池間島』『池間島の地名・池間島の聖地』『池間民族屋号集』『池間民俗語彙の世界』など。

石炭袋

神歌《カンヌアーグ》が聴こえる

2020年7月29日初版発行
著者　伊良波盛男
編集・発行者　鈴木比佐雄

発行所　株式会社 コールサック社
〒173-0004　東京都板橋区板橋2-63-4-209
電話 03-5944-3258　FAX 03-5944-3238
suzuki@coal-sack.com　http://www.coal-sack.com
郵便振替　00180-4-741802
印刷管理　（株）コールサック社　製作部

装丁　奥川はるみ

落丁本・乱丁本はお取り替えいたします。
ISBN978-4-86435-447-9　C0093　￥1700E